起风了
風立ちぬ

菜穗子
なおこ

〔日〕堀辰雄 / 著
刘剑 / 译

河北出版传媒集团
花山文艺出版社

这个故事，

献给对未来抱持着不安的现代人。

——宫崎骏

目

起风了 / 001

我们走进落叶不断的杂树林中。我不时停住，让她走在我前面一点儿。两年前的那个夏天，在森林中散步的时候，为了好好地看着她，我也是这样让她走在我前面两三步的样子。

录

菜穗子 / 103

菜穗子将这棵树中形状优美、闪着光芒而随风摇曳的一边,和有着枯萎不堪枝头的另一边相比较,不禁感慨:"跟我的人生一模一样啊!我的人生也有一半已经枯死了……"

纵有疾风起,人生不言弃。

——保罗·瓦勒里

序　曲

　　在那些夏天的日子里，在那茫茫的无垠草原中，每当你站在那里专心作画之时，我总是躺在你身旁某棵白桦树的树荫下。到了傍晚，你结束工作来到我身边，而后我们两个人相互搭着对方的肩膀，一起遥望着远方被浓厚积雨云所覆盖着的地平线。积雨云的边缘呈现暗红色，而在那条似乎终于走向日暮的地平线上，却出乎意料地给人一种有什么正在诞生的感觉……

　　就在那样的一个午后（那时已经快到秋天了），我们将未完成的画放在画架上，一起躺在那棵白桦树的树荫下吃水果，沙堆似的云朵在天空中盈盈飘过。正在这时，不意之风，不知何起。抬头向正上方望去，从树叶的缝隙中偶尔可以窥见的蔚蓝色天空开始变得忽大忽小。几乎同时，草丛中不知何物"啪"的一声倒下的声响传入耳中，那似乎是我们一直放在那里的画架及画作一起倒下的声音。你立刻想要去看看，而我，就像担心会失去什么稍纵即逝的东西一样，生硬地阻止了你，不让你从我身边离去，最后你依从了我。

"纵有疾风起，人生不言弃。"

我将手搭在你紧靠我的肩膀上，不断地重复着这句不假思索便脱口而出的诗句。而后，你终于挣开了我，起身走去。油彩还没有干透的画布已经沾满了草叶。你将画架复位立好，一面用调色刀除去草叶，一面回头对我暧昧地微笑，说道："对了，要是父亲看到我们现在这样子，他会怎么样呢？"

"再有两三天，父亲就该回来了！"一日清晨，我们正在森林里信步而行，你忽然对我这样说道。我像有什么不满似的保持着沉默。于是，你转向我，用有些沙哑的声音对我说，"那样的话，连这样的散步也不行了吧。"

"散散步，应该还是可以的吧。"我的不满仍未散去，虽然感觉到你向我投来的关切目光，但还是装出一副似乎更在乎自己头顶树梢上发出的沙沙声响的样子。

"父亲一定不愿意让我出来的。"

最终，我用近乎焦灼的眼神回头看着你。

"这么说，我们就要分手了吗？"

"可是，没什么办法啊！"

你这样说着，对我挤出了些许微笑，就好像已经做出了断。那时你的脸色，甚至你嘴唇的颜色都是如此苍白！

"为什么会变得这样呢，你看上去已经把一切都托付给我了……"

就这样，在树根盘绕的狭窄小道上，我带着这副苦思不解的表情在你身后艰难地走着。那一带树林浓茂，空气干凉，四处浅洼散布。忽然，我脑中闪过这样一个念头：我们只是在这个夏天才偶然邂逅，即使这样你都能对我如此依从，那么对你父亲，不，是包括你父亲在内的，时时习惯于支配你的所有人，你都会百依百顺吧？

"节子！如果你就是这样的女孩，我真的会更加喜欢你了。等我的生活稳定下来，我一定会娶你为妻。在那之前，你只要像现在这样一直待在你父亲身边就好……"

我心里默默地这样念着，却又好像希望求得你的同意似的，突然牵住你的手。你任我牵着手，我们就这样十指相扣，站在一处水洼前，默默无语地望着脚下那一汪浅水。

阳光竭力地穿过低矮灌木丛那凌乱交错的枝叶,稀疏地洒在脚下水洼的底部,洒在水洼底部的蕨草上,明暗斑驳。从树叶缝隙照进来的光影已显得似有似无,随微风而摇曳。这一切都令我生出无可名状的悲伤。

两三天后的一个傍晚,我在食堂看到你和来接你的父亲一起吃饭。你生硬地背对着我,一定是因为你父亲在你身边,使你无意识地做出这样的姿态和动作,这让我感觉到了从未见过的、小女孩一般的你。

"就算我叫她的名字……"我喃喃自语道,"她也肯定不会朝我这边看一眼。就像我叫的不是她一样……"

那天晚上,我百无聊赖地独自出门散步,回来后又在旅馆幽静的院子里闲逛。山百合散发着幽香,而我则茫然地望着旅馆中仍然亮着灯的两三扇窗子。不知不觉间夜雾渐浓,窗内的灯光好像感到害怕似的一盏接一盏地熄灭了。在我认为整个旅馆马上就要没入黑夜的时候,只听到一声推窗之声,一扇窗户缓缓打开。一个穿着玫瑰色睡衣的年轻女孩静静地探出身来,那就是你……

你们走后,我日夜空虚烦闷。直到今日,我仍能清晰地感受到那份近乎悲伤的幸福。

我终日将自己关在旅馆里。重新拾起自己长期以来因你而荒废的工作，想不到自己竟然还能专心其中。不知不觉间季节更迭，也终于到了我要出发离馆的前一天。那天，我走出旅馆，来了一次久违的散步。

秋天使树林变得杂乱不堪，与往昔大异其趣。从树叶所剩无多的树木间可以隐约望到远方无人居住的别墅阳台。落叶的味道里夹杂着菌类潮乎乎的气息。这种意想不到的季节推移——与你分别之后在混沌中所逝去的时间，着实令我感到惊愕。但在心底的某个地方，我一直坚信与你的分离只是暂时的，或许正因为如此，这种时间的推移对我而言也有了全然不同的意义？……当时我只是懵懵懂懂地感觉到这一点，而不久之后，便明了了这其中的意义。

十几分钟之后，我走到了这片树林的尽头，视野突然变得极为开阔，甚至可以一眼望见远方的地平线。随后我继续前行，踏入一片芒草丛生的草原，在一片叶子已经开始发黄的白桦树的树荫下躺了下来。这里就是我在那个夏天的日子里一面凝视你作画，一面像现在一样躺着的地方。此刻，在平时总是被积雨云遮住的地平线上所出现的，是在倚风轻摇的雪白芒草穗梢，以及穗梢之上那些轮廓清晰却不知何去的连绵远山。

我注目凝神地望着这些远山,并将它们的脉络暗记于心。大自然已对自己厚泽有加——这种从前只是偶尔产生的下意识的感觉,此刻却渐渐变得深刻清晰起来。

春

三月已至。

一天下午,我像往常一样,在悠闲的散步途中顺道拜访了节子家。在紧挨大门内侧的小花园里,节子的父亲戴着工人样式的那种草帽,单手拿着剪子,正在整理树枝。我认出了他,赶忙像个小孩子一样拨开树枝走到他跟前,互相寒暄。然后,我便老老实实地看着节子的父亲独自工作——像现在这样置身于小花园中,你就会发现,在这儿啊那儿啊,总能看到有些白色的东西不时地闪耀,好像是含苞待放的花蕾……

"这阵子她的精神也好多了。"节子的父亲忽然向我这边抬起头,跟我说起刚和我订婚的节子的事情。

"等她气色好一些,就换个地方养病,你觉得怎么样?"

"那倒也不错,只是……"我装作一直被那些闪闪发光的花蕾深深吸引的样子,吞吞吐吐地答道。

"我最近一直在物色合适的去处。"节子的父亲并不在意我,自顾自地说着,"节子说她并不知道F疗养院怎么样,听说你认识那里的院长?"

"嗯。"我有点儿心不在焉地答道,同时把刚才发现的那根有白色花蕾的枝条拉到眼前。

"不过,那种地方,一个人住能习惯吗?"

"大家好像都是一个人住的。"

"但她恐怕一个人住不了。"

节子的父亲面呈难色,但并不看我,只是忽然剪掉自己跟前的一根树枝。看到这里,我终于忍不住,说出了节子的父亲期望我说的那句话。

"这样的话,我可以和她一起去啊。现在手头儿的工作,到那时也差不多可以结束了。"

我这样说着,又将刚刚拉到手边的那根带着花蕾的枝条轻轻放开。在那一刻,我发现节子父亲的脸上露出清爽的神色。

"这样的话就太好了,只是麻烦你了……"

随后，我们聊了聊那座疗养院所在的高原地区的情况。不知何时，两个人的话题转到了节子父亲正在修剪的花木上。或许我们现在有某种同病相怜的感觉，这使得原本漫无边际的对话变得生动有趣起来。

"节子她起床了？"过了一会儿，我若无其事地问道。

"应该起来了吧……不用管我，你去找她吧，从这边一直走……"节子的父亲用拿着剪刀的手指了指院子木门的方向。我吃力地从花木丛中钻出，推开因布满常春藤而难以打开的木门，径直走进院子，朝着那间曾经被当作画室，但如今却好像是被隔绝的病房似的屋子走去。

节子好像知道我要来看她，但没料到我会从院子进来。她在睡衣外面披着一件色调明快的和服外褂，躺在长椅上，手中摆弄着一顶我从未见过的、饰有丝带的女士帽。

透过门口的玻璃门，我一面注视着她，一面向她慢慢走近。节子好像也认出了我，无意识地动了一下身体，似乎是想起身。但最终还是躺了下来。她把脸朝向我，注视着我，脸上浮现出歉意的微笑。

"没睡觉啊？"我在门口有些仓促地脱掉鞋子，同时向她打着招呼。

"是想起来看看,可马上又觉得累了。"

这样说着,她以一种绵软无力的手势,将那随便摆弄着的帽子自然地投向身旁的梳妆台。可帽子却落在了地板上。我走上去,弯腰拾起帽子,脸快要贴到她的脚尖了。这次,轮到我自己学着她刚才的样子开始摆弄起这顶帽子。

最后,我终于开始问道:"你拿这顶帽子做什么?"

"这帽子,不知什么时候才有机会能戴上呢,是父亲昨天给我买的……他是不是挺奇怪的?"

"这个,是你父亲挑的?他真好……这帽子,你现在戴上给我看看。"我这样说着,半开玩笑似的做出给她戴帽子的动作。

"讨厌啦……"

节子这样说着,微微起身,做出一副反抗的样子,似乎要避开我的动作。她好像要向我解释什么,微微地笑了一下,又好像突然想起了什么,用十分消瘦的手指轻轻地将缠绕的头发理直。那种浑然天成、毫无造作的温柔女孩的手势,就如同在爱抚我一般,令我感到窒息般的性感。这样的感觉却使我不自觉地将视线移开。

过了一会儿,我将手中摆弄的帽子轻轻地放在身边的梳妆台上，仿佛忽然若有所思似的陷入了沉默，而自己的目光仍旧游离他处。

"你生气了？"她忽然抬头望着我，有些担心地问道。

"没有啊。"我终于再次注视着她，冷不丁地转换了话题，"你父亲刚才跟我说了。不过，你真的想去疗养院吗？"

"想去啊，总是这样待着的话，也不知什么时候才能恢复。只要能早点儿恢复，让我去哪儿都行。可是……"

"怎么了？你想说什么？"

"没什么。"

"不要紧，告诉我吧……你怎么都不肯说吗？那我替你说了吧，你是想说让我也跟你一起去，对吗？"

"不是这样的。"她急切地打断了我。

但这并不能打断我，我以一种与最初开玩笑完全不同的认真态度说道："不，即使你说出'你不来也没关系'之类的话，我也要和你一起去。只是有一件事，我一直念念不忘……我们交往之前，我曾经梦想在某处幽静的山林中，与你这样可爱的女孩过幸福的二人世界的生活。我以前从没跟你说过这个梦想吗？啊，想起来了，那个山间小屋的故事，我还问过你在这种大山里我们要如何生活之类的话，你当时不是像孩子一般地笑起来了吗？……其实，你这次提出去疗养院。我觉得是我的这些话在不知不觉中触动了你的内心……不是吗？"

她努力地笑着，默默地不作声，只是听我说。

"那样的事，怎么可能记得嘛！"

她果断地说道，然后反而以一种似乎是安慰的眼神注视着我，"你总是说一些让人不明所以的事儿啊……"

几分钟后，我们两个人带着一副什么都没发生的神情，一起珍视般地望向玻璃门外的草坪，草坪上绿意已浓，四处烟霭缭绕。

进入四月，节子的病看起来似乎有些好转。虽然恢复的过程异常缓慢，但这种缓慢恢复的一点一滴，反而令人产生出某种安心的感觉。对我们来说，这甚至是一种难以言传的踏实感。

一天下午，我去找节子，他父亲正好不在家，只有节子一个人待在病房里。这天节子的心情似乎格外好。她换掉自己几乎一直穿着的睡衣，穿上了一件蓝色衬衣。我一见到她的样子，就想着无论如何也要拉她去院子里转转。外面微风轻拂，给人以惬意之感。节子不自信地笑着，最终还是答应了我的请求。她把手搭在我的肩膀上，轻舒莲步，小心翼翼地穿过玻璃门，走到草坪上。我们沿着篱笆向院子走去，院子里种着很多各国引进的植物，由于生长茂盛，难以理清的各种植物的枝条相互缠绕，令人无法分辨。在繁茂的枝条上，到处是白色、黄色或者淡紫色的小小蓓蕾，含苞欲放。我在一处茂密的花丛前停下脚步，蓦然间想起了去年秋天节子向我介绍这些植物时的情景。

"这是丁香吧。"我回头看着她，半是疑问半是肯定地说道。

"好像不是丁香哟。"她把手轻轻地搭在我的肩膀上，有些抱歉地答道。

"这不是……那你不是一直在骗我吗？"

"倒不是骗你，只是我也为人所骗……可是，这也不是什么好花。"

"什么啊，这花马上就要开了，你现在却说这样的话！那，旁边那株花也……"

我指着旁边那丛茂密的花木问道:"那是什么花?"

"金雀花?"她接过话茬儿,随后我们走到这丛花木前。

"这是货真价实的金雀花哟。看,有黄、白两种颜色的花蕾吧?这白色花蕾的品种……很稀有的……这可是我父亲自以为傲的东西啊……"

我们就这样闲聊着。节子一直把手搭在我的肩膀上。她依偎在我身上,与其说是累了,倒不如说是有些陶醉其中。随后,我们沉默下来,仿佛这样便能让现在这如花之芬芳般的人生暂时静止下来似的。偶尔吹来的阵阵微风,就像对面篱笆忍耐了许久之后所吐出的轻柔呼吸。呼出的气息吹到我们面前茂密的花丛间,微微拂起花丛的枝叶,然后无意久留般地潇洒而去,只剩下我们两个人,孤单地站在原地。

忽然,她一把抱住我,将脸埋在自己搭在我肩膀的手中。我能感觉到,现在她的心跳比平时快了很多。

"累了吗?"我温柔地问她。

"没有。"她细声答道,而我感觉到她身体的重量正慢慢地压到我的肩膀上来。

"我的身体这么差,总觉得对你抱有歉意……"她这样喏喏地说着,与其说是我确切听到了,不如说是我的某种感觉。

"如此柔弱的你只会让我更加怜爱,你为什么就不明白呢……"我内心中急切地表达着自己的感情,表面上却装作什么都没听到的样子,站着一动不动,任她依靠。这时,她忽然抬起头,身体渐渐离开我,"为什么,我现在会这样软弱?这些日子,不管病得多重我都没有像现在这样胡思乱想……"她低声说着,就如同在自言自语。沉默使她的话意味更深,更加令人不安。这时,她忽然抬起头,目不转睛地看着我。少顷,却又再次将头低下,用比平时稍高的中音说,"不知为什么,我忽然很想活下去……"

随后,她又用几乎听不到的声音补充道:"因为有你……"

"纵有疾风起,人生不言弃。"

这是两年前我们初次相遇的那个夏天,我无意中脱口而出的诗句,而从那之后我就无缘由地喜欢上了它。

这句诗，又让我们想起那段已被遗忘许久的快乐时光——换句话说，让我想起了你我人生中最重要的，甚至比我们这一生更加鲜活的酸甜苦辣的每一天。

我们已经开始为月末搬到八岳山麓的疗养院做准备了。虽然与那家疗养院院长的关系不过是点头之交，我还是希望能抓住他偶尔出差来东京的机会，请他为节子诊断一下病情。

这天，我几经周折将院长请到位于郊区的节子的家中。

"不是什么很严重的病。嗯，就到山里来养个一两年吧。"在进行初步诊疗之后，院长留下了这些话，便匆匆回去了。我将院长送到车站，想向他私下了解一下关于节子病情更准确的情况。

"这种事不要告诉病人。我也想在近期与节子的父亲好好谈谈。"院长在说过这些开场白之后，表情严肃地向我详细描述了节子的病情。然后紧紧盯着默不作声专心聆听的我，"你的脸色也很差啊，要不我顺便也帮你做个检查吧。"院长面带同情地说道。

我从车站返回，再次走进病房。节子就躺在那里，身边是他的父亲，两个人在商量着出发去疗养院的日期。我带着忧愁的神情，加入他们的谈话。"但是……"节子的父亲最终好像想起了什么似的，站起来带有些疑惑地说，"现在已经恢复得这么好了，那只在那儿待一个夏天，不是挺好嘛。"说着，便走出了病房。

现在房间里只有我们两个人了，而我们却不约而同地沉默了。这是个名副其实的春日傍晚。从刚才开始，我就觉得头有点儿疼，而且愈发严重，所以便不动声色地悄悄站起来，向玻璃门走去，将双门的一扇打开一半，然后倚在上面。随后，我保持着这个姿势，头脑中一片混沌。庭院的花丛中升起股股轻柔的雾霭，"味道真好闻，这是什么花呢？"我这样思考着，目光中满是空虚。

"你在干吗？"

病人那有些沙哑的声音从我身后传来。这声音无意中将我从某种麻痹的感觉中拉了回来。我没有转身，仍旧背对着她，装作正在考虑其他事情的样子，用非常做作的语气说道："在想你的事情，大山里的事情，还有在那里我们要过的生活……"

我这样有一搭没一搭地说着。但在我不停地说下去的一瞬，竟然觉得自己刚才是真的在思考这些事情。正是这样!我确实是在思考这些事情。

"到了那边,会发生很多事吧……但所谓的人生就是这样,把一切都交给命运处理就好……这样一来,命运之神说不定反而会赐予我们本未奢求的福泽……"我在心底深处仔细地思考着这个问题,却又在不知不觉中被一些平庸琐碎的景色所吸引。

院子里还微微有些光亮,但定睛一看,屋内已经变得昏暗起来。

"要开灯吗?"我急忙强打精神说道。

"现在别开……"她回应的声音比之前更显沙哑。

于是,我们两个人都没有再说什么。

"我有点儿胸闷,草的味道太浓了……"

"那我把这扇门也关了吧。"

我用近乎悲伤的语气回应着,同时握住把手将门关上。

"你……"她的声音听起来好像有点儿中性化,"刚才,是不是哭了?"

我显得很吃惊,急忙转向她。

"没哭啊……不信你瞧瞧。"

躺在睡床上的她没有转头望向我。尽管屋内阴暗，但能看到她好像在注视着什么。而当我担心地顺着她的目光望去时，却只看到她在凝视天空。

"我明白的……我明白刚才院长对你说了什么……"

我想马上回应些什么，但又什么都说不出来，只能再次轻轻地把门关上，呆呆地望着暮色渐浓的庭院。

过了一会儿，我就听到了身后传来的深深叹息。

"对不起。"她终于开口说话了，声音略带颤抖，但比之前平静许多。"不要太在意这些……从今天开始，我们一起努力地活下去吧……"

我转过头，看到她正轻轻地将指尖拂过眼角，然后停在那里一动不动。

四月下旬一个多云的早晨，节子的父亲将我们送到停车场。我们在节子父亲面前表现得相当高兴，如同新婚蜜月旅行一般。两个人登上了去往山区火车的二等车厢。火车缓缓离站。而在原地，只留下强作镇定的节子父亲，他的后背微微前屈,仿佛一下子苍老了许多。

　　火车完全驶离站台后,我们关上了车窗,在空寂的二等车厢中找了个角落坐了下来,脸上都浮现出寂寞的表情。两个人的膝盖紧紧地贴合着,仿佛这样就能相互温暖对方的心灵。

起风了

我们乘坐的火车,迭次翻山越岭,并沿着深深的溪谷前行。接着突然横穿过有着成片葡萄园的广袤台地,行驶良久后,又开始攀登茫然无际的群山。这时间,天空呈现压迫之势,刚才还凝固成团的黑云,不知何时开始渐渐挣脱束缚,四散游离,仿佛要压在我们头上似的。空气变得冰冷,我竖起上衣领子,不安地看着几乎蜷缩在披肩里紧闭双眼的节子,看着她与其说是疲惫,不如说是兴奋的模样。节子偶尔会睁开茫然的双眼,朝我看看。最初两个人每次视线相汇,还能会心一笑。渐渐地,当两个人不安的眼神相交时,便会马上移开视线。最终她又再次紧闭双目。

"怎么好像变冷了,是不是要下雪了?"

"都到四月了,还会下雪吗?"

"这个……这一带可能会下吧。"

我看着窗外,虽然才三点左右,可外面已经变得昏暗。在无数叶子已经凋零的落叶松之间掺杂着厚黑色的冷杉木。这时我们才知道已经到达八岳山的山脚下了。本来以为这一带可以看到大山的景色,但眼前却形影皆无。

火车在山脚下一处仓库般大小的车站停了下来。一名穿着印有"高原疗养院"号衣的老年勤杂工等在车站接我们。

我搀扶着节子,向停在站前的那辆微微发旧的小汽车走去。跟她的接触使我感到她走路时的小小踉跄。而我,则尽量装作没有察觉的样子。

"累了吗?"

"没有啊。"

和我们一起下火车的几个本地模样的人,在我们周围似乎悄悄地说着什么。而当我们乘上汽车的时候,这些本地人便和其他的村民混在一起,渐渐地消失在村庄里。

汽车穿过有着一排简陋小屋的村落,随后在一条望不到尽头、凹凸不平的斜坡上行驶着。这条斜坡悠长地延伸到同样不可尽视的八岳山的山脊之上。而在山脊的前方,我们看到了以杂木林为背景,一幢有着红色屋顶及几个副楼的巨大建筑。

"就是那里吧。"我喃喃地说道,同时身体感觉车子开始倾斜。

节子微微抬起头,用稍显不安的眼神茫然地看着它。

到了疗养院之后,我们被安排到最内侧的住院部的二层第一号房间,房间紧挨着那片杂木林。在简单的检查之后,医生让节子马上卧床休息。病房的地板以油毡布铺地,房内除了被漆成纯白色的桌椅之外,就只有勤杂工刚刚送进来的几个行李箱了。房内只剩我们两个人,我一时心里还未感觉安稳,又不想现在就去隔壁那间为陪护者预备的狭小偏房,只能愣愣地环视着房间内聊胜于无的简陋装饰,并几次走到窗边观察天气的变化。风儿辛苦地拖拽着乌黑的云团,屋后的杂木林不时传来尖锐的厉声,我则在瑟瑟发抖中走向阳台。阳台上并无隔断,延伸着一直通到另一端的各间病房。由于整个阳台空无一人,我大胆地边顺着阳台行走,边不时窥视所经过的每间病房。在经过的第四间病房内,我透过半开的窗户看到房内有一位患者正在睡觉,于是赶忙原路返回。

终于，煤油灯点亮了。我们开始一起吃护士送来的晚饭。这是我们两个人第一次单独共进晚餐，气氛稍显寂寥。吃饭时，不经意间外面已是一片漆黑，只感觉周围一下子变得寂静了，不知何时雪花已经落下。

我站了起来，将半开的窗户掩上了一点儿，然后把脸贴近玻璃前，近到玻璃已经因为我的呼吸而产生雾气。我终于看到了窗外雪花飘舞的景色。随后，我离开窗边，转向节子说道："哎，你怎么了……"

她躺在床上，抬头望着我，眼光中似乎有无限的事情想要倾诉。但她却将手指竖在唇边，似乎要阻止我继续说下去。

疗养院建在广袤的深褐色山脚下坡度平缓的位置上，面南而立，旁边的几座偏楼平行排列。沿着倾斜的山坡再向前去，是坐落其上的两三个小山村，它们也因坡势而整体向山脚倾斜。山坡的尽头被无数的黑松所包裹，最后终结于视野之外的山谷之中。

沿着疗养院向南打开的阳台望去，这一带倾斜的山村以及褐色的耕地可尽收眼底。当天气晴朗时，在四周无际的松林之上，还能看到自南向西的南阿尔卑斯山脉[1]和两三条支脉，在缭绕的云雾间若隐若现。

到达疗养院的次日清晨，我在自己居住的偏房醒来。小小的窗框中，蔚蓝如洗的晴空与数座鸡冠状的白玉山峰交相辉映，如此美景似凭空而出，不着痕迹，使人观之不禁神魂离窍。

虽然躺在床上看不到阳台和屋檐上积雪的情景，但此刻也能感觉到它们正在充分地沐浴着春日的朝阳，不停地化为水汽。

我感觉自己有点儿睡过头了，赶紧起身向隔壁的病房走去。节子已经醒了，把自己裹在毛毯里，面颊绯红。

"早上好。"我感到自己的脸也在涨红，缓缓地说，"昨晚睡得好吗？"

"嗯。"她点点头，"昨天吃了安眠药，总觉得头有点儿疼。"

---

[1] 指日本本州中部之山脉，因风景秀丽，故有"日本的阿尔卑斯山"之称。

我装出一副心不在焉的样子,一口气就把窗户和通往阳台的玻璃门全部打开。光线非常刺眼,我一下子有些眩晕,眼前一片空白。当眼睛慢慢习惯了之后,视线里满是被覆盖的阳台、屋檐、原野、树木以及缭绕升空的水雾。

"还有,我昨晚做了一个奇怪的梦……"她在我身后说道。

我顷刻间了解到,节子是想勉强自己说出某些难以启齿的事情。和每次遇到这种情况一样,她现在的声音也略带沙哑。

这回轮到我转过身,把手指竖到唇边,示意她不要说话了。

不久,护士长匆匆走来,表情亲切,她就是这样每日清晨逐间巡查病房,看望患者。

"昨晚休息得好吗?"护士长用爽快的语调问道。

节子什么都没说,乖乖地点点头。

疗养院的本质,是那些被大家认为无路可走的人的归所。正因如此,现在这种处于深山中的疗养院的生活,总是会显示出某种人性的特殊侧面。而我在入院不久后,被院长叫到诊疗室,看到节子患处的X光片的时候,也初次感觉到了自己人性中某个隐藏着的侧面。

为了让我看得更清楚,院长把我带到窗边,将片子底版对着日光,详细地加以说明。右胸的几根白白的肋骨清晰可见,而左胸则几乎看不到肋骨,只有一个大大的、奇异花朵般的暗色病灶。

"病灶比想象中的还要大……没料到会这么严重……这个,在医院里恐怕也算是病情第二严重的案例了。"

从诊疗室回到房间,我好像已经失去了思考的能力,院长的这些话一直在脑中轰轰作响。刚才看到的奇异花朵般的暗色影像似乎完全脱离了院长对它的介绍,独自清晰地呈现在我的意识里。与自己擦肩而过的白衣护士、四散在阳台上进行日光浴的赤裸患者、嘈杂的病房以及小鸟幽婉的鸣叫,仿佛都是另一个世界的事情。

我终于进入了最内侧的病房楼,机械般地迈着和缓的步子准备登上通向二楼的楼梯——那是节子病房所在的楼层。就在这时,我听到从紧靠楼梯的病房中传来的连续不断的干咳。这种异常的声音是自己第一次听到,令人倍感不快。

"嗯?这种地方也有患者啊!"我觉得纳闷儿,茫然地看着门上显示 NO.17 的图案。

就这样,我们稍显奇异的爱情生活就算开始了。

节子自入院以来一直被要求静养,终日卧床不起。正因如此,与住院前只要身体状况好一些就会努力起床的时候相比,现在的她更像个病人了。但是,没人觉得病情会恶化。医生在平时也总是把她当成马上就要痊愈的患者来对待。就连院长也常常开玩笑似的说些类似"我们会驱病降魔"之类的话。

这期间,季节快速更迭,就如同希望夺回前之所失似的。春夏两季仿佛同时降临。每日清晨,往往是黄莺或者杜鹃的鸣叫声伴我醒来。接下来的几乎一整天中,四周林木的新绿颜色将疗养院紧紧包裹,就连病房中都映衬着这种清爽的颜色。在那些日子里,似乎清晨从群山中涌出的白云，也会每每在夜幕降临之时返回自己的出发地。

　　每当我想起那些自己和节子共同生活的日夜，想起自己对节子专心侍候的朝夕，总会感觉每一天都何其相似，每一天都同样饱满充实，以至于我无法区分每一件事的孰先孰后。

　　或许更进一步地说，虽然我们重复着内容相似的日子，但仿佛已经超脱出时间本身。在这种超脱出时间的感觉之中，每一天身边发生的细小之事，都有了与以往全然不同的魅力。我身边那温暖秘醇的身体，稍显急促的呼吸，握住我的那如柔荑般的手，嫣然一笑，还有我们不时地温温细语……在这日复一日的时光里，这就是我生活的全部。我们所谓的组成人生的要素，实际上不过如此。我深信自己对这些细小之事能够如此满足，正是由于和这个女孩在一起的原因。

　　那段日子中唯一特殊的事情，就是她偶尔会出现发热的症状。这肯定会让她的身体慢慢衰弱下去。但即使是在发热的日子里，我们仍旧可以体会到日常生活的魅力——更加珍视、更加柔缓，宛如偷尝禁果的滋味一般。我们那蒙着淡淡死亡意味的生之幸福，在这一刻竟然升华了。

在这些日子中的一个傍晚，阳台上的我和卧床的节子双双出神地望向对面刚刚没入群山的夕阳。远方的丘陵、松林和农田在夕阳的墨染下，一半被染成鲜红色，一半被不断变化着的灰色所侵袭。不时有几只小鸟奋然飞起，在树林上画出美丽的抛物线。我想，在这样的初夏傍晚，眼前这些转瞬即逝的景色，其实都是些平日司空见惯的景物。而只有在此刻，它们才能让我产生活力充实的幸福感。我幻想着将来什么时候再次回忆起此时此刻时，自己一定能将我们现在这幅幸福的画卷演绎完整。

"你在想什么？"在我背后的节子终于开口问道。

"我在想，很久以后，如果我们能回忆起两个人现在的生活，那该是多么美好的事啊！"

"应该会的。"她欣然表示同意。

接着，我们又陷入沉默，再次把目光投向外面的风景。不经意间，忽然感觉这样观望风景的人像是自己，又不像是自己。一种迷茫无措、难以言状的痛苦从心中涌出。这时，我听到身后传来一声深深的叹息，却又感觉这叹息自我而出。我转向她，仿佛是想确认什么。

"刚才那是……"节子紧紧地注视着我，用略带沙哑的声音说道。话刚说了一半,她就显得犹豫起来,然后忽然用一种毅然的语气继续说道,"要是能永远这样生活下去该多好!"

"你又说这种话!"我急躁地用低沉的声音责备她。

"对不起!"她短短地回了一句,随后就把头扭了过去。

迄今自己无所梳理的心情,开始一点一点地向焦躁的方向转变。我再次将目光投向远山,而刚才所感受到的风景之美忽然瞬间消逝了。

这天晚上,在我要回到隔壁侧室休息的时候,她忽然叫住了我。

"刚才真的对不起。"

"没什么啊!"

"我那时是想说些别的事情来着……但不知怎的,说出了那番话。"

"嗯,那你当时想说的是什么?"

"你之前说过,只有将死之人才能了解到自然之美的真正含义……我当时就想起了这句话。那时候看到的美丽景色也自然而然地让我产生了这样的感受。"她这样说着,双眼望着我,就像想要诉说什么似的。

我不禁低下头,胸口仿佛被她的话猛烈撞击一般。这时,我脑中忽然闪现出一个念头。刚才令我不知所以的情绪,此刻却渐渐变得清晰起来……

"是啊,我刚才怎么就没想到是这么回事呢?刚才那一刻感受到自然之美的人,并不是我,而是我们。换句话说,节子的灵魂通过我的眼睛,按照我的风格做了一次梦幻之旅……我丝毫没有意识到,那是节子在对自己生命的最后瞬间所做的梦想之旅,却只是孩子气一般自顾自地幻想着两个人白头偕老时的幸福模样……"

我就这样自言自语地唠叨了好一会儿。当我再次慢慢把头抬起时,才发现她一直注视着我。我避开她的目光,弯下腰吻着她的额头。此刻,我的内心充满愧疚。

终于到了盛夏季节,这里的夏天似乎比平原地区更加炎热。疗养院后面的杂木林里,蝉终日鸣叫不停,就好像有什么东西被点燃了一样。树脂的味道,也从敞开的窗户中飘散进来。到了傍晚，很多患者为了更畅快地呼吸，都把病床搬到阳台上去睡。看到这些患者我们才明白，最近住进这家疗养院的人增加了不少。虽是如此，我们仍然在这里世外桃源般地过着二人世界的生活。

最近几天，由于天气炎热，节子完全没有了食欲，晚上也常常睡不好觉。为了能让她午睡的质量高一点儿，我比以往更加留意走廊里的脚步声或者从窗口飞入的蜜蜂、牛虻之类的虫子，甚至对高温所引起的自己不自觉加重的呼吸声都异常敏感。

我就这样小心翼翼地屏住呼吸，在她的枕边守护着她的睡眠。这对我来说也算是一种接近睡眠的休息吧。我可以深深地感觉到在睡眠中她呼吸的急缓变化。我们心脏的跳动频率甚至趋于一致。偶尔她会感到轻微的呼吸困难，这个时候，她便会将微微痉挛的手抬到咽喉处，做出像要抑制住它的样子。我以为她被梦魇所附，正在犹豫是不是要唤醒她时，这种痛苦的状态褪去了，随后舒缓下来。这一番经历后，我不自觉地松了一口气，她平静的呼吸让我感到某种欣慰。当她醒来时，我轻轻地吻着她的秀发。而她，却用倦意尚存的双眼望着我。

"你一直在这儿啊?"

"嗯,我刚刚也打了个盹儿。"

在那些夜晚,每当自己无法入眠时,我就会不自觉地把手移向喉咙,模仿她那种试图抑制的手势,这几乎成了我的习惯。当我回过神来的时候,才感到自己是真的呼吸困难,不过这样反而让我觉得愉快。

"最近,你的气色好像越来越差了。"一天,她关心地看着我说道,"你怎么了?"

"没事儿啊!"她的问话正中我的下怀,"我平时不也是这样嘛。"

"别总是陪着我这个病人,平时出去散散步也好啊。"

"外面这么热,没法散步……晚上又太黑……而且我每天在医院里跑腿也不少啊。"

我不想再继续这个话题,便说起每天走廊里遇见的各种患者的事情——年轻的病人们聚在阳台栏杆处仰望天空,将天空视为赛马场,将流动的云朵视为各种形状相似的动物;说起个子高得吓人的重度神经衰弱患者总是抓着贴身护士的手臂,漫无目的地在走廊里徘徊……但我对于常常路过,却从未谋面的 17 号病房的患者,以及从那间病房中传出的不快的气味和恐怖的咳嗽声则守口如瓶，只字不提。也许，那位患者是这间疗养院中病情最严重的人吧……

八月渐渐接近末尾，而晚上却仍然苦于不能得一美睡。一天晚上，我们无论如何都睡不着（早就过了规定的九点就寝时间），对面下方的病房楼里不知为何有些骚动。走廊里时时传来疾行的声音、护士低声呼喊的声音以及器具碰撞时发出尖锐的声音。我不安地侧耳倾听，刚以为终于安静下来了，却几乎在同时，各栋病房楼中都出现了这种压抑下的骚动声。最终，我们病房的下方竟也发出了这种嘈杂声。

我现在知道像骤风一样席卷整个疗养院的是什么了。在这期间，我时时竖起耳朵，探听着已经关灯但同样无法入眠的隔壁节子的动静。节子似乎一动不动地躺着，连翻身都没有过。我怔怔地屏住呼吸，等待这场如骤风般的骚动沉静下来。

临近半夜，这场骚动终于退去了。我正要心情安稳地打起盹儿来的时候，却忽然被隔壁节子压抑不住地几声强烈的咳嗽惊醒。咳嗽声似乎很快就停止了。我怎么也放心不下，径直走进节子的病房。一片漆黑中，节子神情恐慌,她睁圆双目看着我,而我没有说话,朝她走了过去。

"没关系的。"她勉强地笑着,用幽幽的声音低声说道。

我还是没有说话,在床边坐下。

"请待在我身边。"节子弱弱地对我说,神情与往日不同,惹人怜爱。我们就这样,一夜未眠熬到天亮。

这件事发生的两三天后,夏天的感觉就突然消失了。

进入九月,先是下了几场倾盆暴雨,时下时停。然后就是连绵不停的细雨,连日的细雨让人觉得树叶在变黄前就会开始腐烂。疗养院的一个个房间也是门窗紧闭,屋内昏暗。秋风偶尔拍打着房门,楼后的杂木林中传来阵阵厚重的低吼。风和日丽的日子中,我们终日倾听雨水沿着房檐落到阳台上的声音。在一个雨雾微抚的早晨,我站在窗边怔怔地向下望去,阳台对面的细长型庭院显出几分明朗之色。庭院中有位护士在雨雾中一面随手采摘着满园盛开的野菊和雏菊,一面向我这边走来。我认出她就是17号病房的贴身护士。

"那个……那个咳嗽很严重的患者,大概已经死了。"我猛然间产生出这样的想法。我注意到正在采花的护士,虽然身体已经被雾雨打湿,但她还是情绪高涨的样子。我不觉有些揪心。"这医院里病情最重的果然是他吗?他最终还是死了,那下一个呢……哎,要是院长没有跟我说那些话就好了……"

那位护士抱着大把的花束消失在阳台下面,而我,仍然无神地把脸贴在玻璃窗上。

"在看什么?"躺在床上的节子问道。

"刚才在雨中,有个护士在采花,你知道她吗?"

我一个人喃喃地说着,最后离开了那扇窗户。

但是,在接下来的几乎一整天里,我都没敢端看一下节子的脸。我总觉得节子已经看穿了一切,现在只是装作不知道的样子。她时常奇怪地盯着我,这让我感觉更加痛苦。考虑到两个人分别承受着自己的那份无法相互分担的不安和恐怖,以及由此而慢慢生出的各自完全不同、渐行渐远的思想。我坚决不能让这样的事情发生,自己拼命地想忘掉刚才那件事，却又在同时不自觉地浮现出来。最后，我甚至想起节子在我们到达疗养院的第一个晚上所做的那个梦。我起初并不想了解这个梦的内容，但却终于忍不住从她那里问出了这个噩梦的细节——这件我几乎已经忘掉的事情，此刻却忽然浮现在我的脑海中。

在这个不可思议的梦中，节子变成了尸体躺在棺木中。人们抬着那具棺木，穿过茫然的原野，进入幽静的森林。已经死去的节子，却能清晰地看到冬季完全荒凉的原野以及黑色的冷杉等景象，清晰地听到天空飘过的寂静风声……从这个梦中醒来后，她仍旧能感觉到自己冰冷的耳根，感觉到冷杉那嘈杂的声音在耳边回响。

这样的雾雨又持续了多日，季节的交替已经彻底完成。疗养院中原本人数众多的患者接二连三地离去，只剩下必须在这里过冬的为数不多的重症者。这里再一次沉浸在夏天之前的沉寂氛围之中，而17号病房患者的死又让这份沉寂格外凝重。

九月末的一个早上，我无意中从走廊北侧的窗口望向后面的杂木林，看到雨雾缭绕的树林中有人进进出出。这是平时所未见的景象，多少令人感到异样。当我向护士询问此事,她们却左顾右盼,装作不知。我并没有将这件事放在心上。可第二天一大早,来了两三个工人模样的人。透过晨雾,我隐约地看到他们在砍伐小山丘下的栗子树。

也正是那天,我从患者们的口中偶尔听到了一件前几天刚刚发生而现在大多数人还不知道的事情。据说那个令人害怕的神经衰弱患者在树林中上吊自杀了。这么说来,那个整日抓着贴身护士手臂在走廊里来回走动的大个子男人,好像从昨天起就突然不见了。

"原来轮到他了……"

原本听到17号病房的患者死亡的消息之后,我已经彻底变得神经质了。而在那之后不到一周的时间内又发生的这起意外死亡事件,却让我不禁感到些许轻松。也可以说,就连应该顺应事理人情般的悲伤感,我也几乎没有感觉到。

"虽然医生说节子的病情仅次于前一阵死掉的那个家伙,但也不见得下一个就一定轮到我们啊。"我轻松地对自己说道。

后面林中的栗子树仅仅被伐去了两三棵,砍伐过后的样子稍显突兀。疗养院的员工把小山丘下的边缘挖平,把土运到病房楼北侧沿线的小块空地上,这使那一带的斜坡稍稍平缓了一些。而现在员工们又着手将其改造成花坛。

护士转给了我一些信件,我从中抽出一封递给了节子。她卧在床上接过信,忽然眼睛发出少女般的明亮,读了出来。

"啊,父亲说他要来看我们。"

正在旅行中的节子父亲在信中说,希望在旅程归途中顺道来一趟疗养院,就这样把信寄过来了。

这是十月中一个天气晴朗但风势猛烈的一天。这段时间,节子由于长期卧床而变得食欲减退,身体明显消瘦。但是接到信后,她开始努力进食,时而半卧在床上,时而坐起。她脸上常常浮现出会心的微笑。我觉得那是她在为见到父亲时所练习的少女般的微笑。我则顺其自然,依她而去。

几天后的一个下午,节子的父亲终于来了。

他的相貌比以前苍老了,驼背也比以前严重很多,似乎有点儿害怕医院里的氛围。进了病房,他就在常常属于我的那个位置坐下了。可能是最近运动量过大,节子从昨晚开始就有些发烧,根据医嘱,她必须从早上开始就要静养,并且不可太过兴奋。

节子的父亲似乎认定他女儿的病情已经逐渐好转,而今天看到她卧床的样子似乎显得有些不安。似乎是为了找出病情未见好转的原因,他仔细地反复巡视病房内的情景,注视着护士们的一举一动,甚至走到阳台查看一番。不过好歹这一切看起来还都能使他满意。这当儿,他望着节子与其说是因为兴奋,不如说是因为发烧而绯红的脸颊,说道:"脸色还不错。"他不停地重复着这句话,似乎想借此说服自己相信,女儿的病情多少有些好转了。

我借口走出了病房,留下父女两个人独处。过了一会儿才回来,只见节子已经从床上坐起,而床单上都是她父亲带来的点心盒和盛有其他食物的纸包。这些都是节子少女时代的美食,节子的父亲觉得她现在一定仍然喜欢。节子一看到我,就像一个恶作剧的小女孩被发现了一样,红着脸把这些收拾了一下,紧接着就躺下了。

我忽然有点儿尴尬,稍稍离开他们,在窗边的椅子上坐下。而父女两个人则以比刚才更小的声音继续着因我而中断的对话。对话内容大多是父女两个人非常熟悉，而我却不曾了解的人和事。甚至我听来毫无感觉的某些事情，却能给她带来微微的感动。

我就像欣赏一幅画作一样，仔细地注视着两个人之间愉快的对话。我发现节子在与父亲说话时的表情与音调，都好像带着某种少女特有的韵味。而眼中节子如孩子般幸福的模样，令我不禁想象着她梦幻般的少女时代……

当节子的父亲偶尔离开，房间只剩我们两个人的时候，我靠近节子，用近乎揶揄的口气在她耳边喃喃道："你今天就像一个我从未见过的玫瑰色少女。"

"你讨厌！"她就像小女孩那样用双手捂住脸。

节子的父亲在这里住了两天便回去了。

离开之前，我作为向导，带着节子的父亲在疗养院四周转了转。其实我本意是想和他单独谈谈。这天晴空万里，就连山上平日少见的深褐色山脊都轮廓分明。我指了指远方的大山,而岳父只是朝山的方向瞥了一下,注意力仍在我们的对话上。

"这儿是不是不太适合她啊,来了都已经半年多了,我想着她的身体应该有所好转了……"

"这个……也许是夏天气候不太适宜的原因吧,听说这种处于山中的疗养院,冬天对病人最好……"

"这么说来还是撑到冬天较好吧……不过她也许忍耐不到冬天啊……"

"她自己好像也愿意在这里过冬的。"我非常想让节子的父亲了解,这深山里的孤独给我们带来的巨大幸福感。只是一想到节子的父亲为我们做出的牺牲,就觉得难以启齿,不得已继续着这种稍有生硬的对话,"反正好不容易都来了,就多住些日子吧。"

"……可你能一直陪她到冬天吗?"

"嗯,当然可以。"

"那真是麻烦你了……你的工作还做吗?"

"不做了……"

"你也不能整天照顾她,自己的工作也要用点儿心啊。"

"嗯,我正要……"我有点儿语塞。是啊,我的工作已经搁置很长时间了,现在得准备重开了……我这么一想,心情一下子变得沉重了。随后我们双双保持沉默,静静地站立在山丘之上,凝望苍穹。不知何时,西方飘来许多鳞片状的云朵,在我们的上方四散开来。

片刻之后,我们穿过那片树叶已经全黄的杂木林,从后面回到了医院。那天正巧也有两三个人正在小丘上铲土,从那里经过的时候,我貌似轻松地对节子的父亲说:"听说这里要修个花坛。"

我在傍晚时分把节子的父亲送到车站,在回到病房后发现侧卧在床上的节子正在剧烈地咳嗽。这样严重的咳嗽可是第一次。我等她稍稍好转之后,问道:"怎么了?"

"没事儿……马上就好了。"节子费力地说,"给我点儿水。"

我把烧瓶里的水倒进杯子里,送到节子嘴边。她喝了一口,稍稍平静了一些。但平静并没有持续太久,节子又开始咳嗽,比刚才还要剧烈,身体几乎探出了床沿。我看着她,不知如何是好,只能手足无措地问道:

"我去把护士叫来?"

……

节子的咳嗽停了下来,但姿势仍旧扭曲着,看上去十分痛苦。她用双手捂住脸,只点了点头。

我找到护士。护士立即丢下我,飞也似的跑进病房。当我随后进入病房时,看到节子在护士双手支撑的帮助下,换成了稍微舒服一点儿的姿势。此刻,她垂着头,瞪着空虚的眼睛,咳嗽好像暂时止住了。

护士慢慢放开了支撑她的手臂。我不知道自己待在哪里合适,只得怔怔地站在门口。

"现在没事儿了……先保持这个姿势,别乱动。"护士一边说,一边整理被弄乱的毯子,"我马上叫人给你打针。"

当护士走到房门口的时候,在我耳边说:"她有点儿咯血了。"

我来到节子的床边。

她睁着眼睛,神态茫然,却给人似乎睡着了的错觉。我帮她将苍白额头上的乱发撩起,然后轻轻地抚摩那渗着冷汗的额头。她好像终于感觉到了我的温暖,嘴角浮现出一丝猜不透的微笑。

绝对安静的日子仍在继续。

病房的窗子全都被安上了遮阳板,室内变得稍微阴暗了些。护士们现在每次进入的时候都要踮起脚尖走路。而我几乎日夜陪在节子身边,包括夜间的陪护也由我一人负责。有时节子会看看我,似乎要说些什么的时候,我总是立刻把手指放到唇边,示意她什么也别说。

在这样的沉默中,我和节子陷入了各自的沉思。但是我们双方都能深刻地感受到对方的思想。我深深地感到,这次所发生的事情只是将节子一直以来对我所做出的牺牲,变成可以看到的现实而已。除此之外,我还意识到,节子现在后悔不已的原因,似乎是觉得自己轻率的举动破坏了我们好不容易建立起来的幸福感。

因此节子并不把自己的牺牲看成付出,却对自己轻率的举动自责不已,这种令人又痛又爱的感情,令我揪心不已。我一面让节子好像理所应当似的做出牺牲,一面又在早晚会成为死亡之床的病床上,和节子一起快乐地"品尝"生之快乐——这快乐正是我们相信可以给我们两个人带来幸福的东西——但是,这种快乐真的能让我们满足吗?我们现在所谓幸福的东西,不是比自己想象中更加转瞬即逝、更加幽深莫测吗?

因为夜晚看护而有些疲惫的我,在浅浅睡着的节子身边左思右想。同时又感觉到这段时间我们的幸福总在受到某种威胁,这使我深感不安。

但是,这场危机只持续了一周的时间便消退了。

一天早上,护士终于摘掉了遮阳板,将一部分的窗子打开后离去,从窗口斜射入屋的秋日阳光似乎要使人晕眩。"好舒服!"节子说话的语气就好像在病床上获得了新生一样。

正在她枕边翻看报纸的我不禁想道:给人以巨大冲击的事情,一旦影响消退,反而会令人觉得这一切都与自己无甚关系,有恍如隔世之感。我这样想着,同时瞥了一眼让我深有其感的节子,不禁用揶揄的语气说道:

"如果你父亲再来的话,就别像上次那样兴奋了吧。"

她微微有些害羞地红了脸,老老实实地任我揶揄。

"下次父亲再来,我就装作不管不顾的样子。"

"你要是能这样就好了……"

我们就这样相互玩笑一般,一面相互抚慰着对方的心灵,一面像个小孩子一样,一股脑儿地把这个那个的责任都推给节子的父亲。

然后,我们的心情自然而然地轻松起来,仿佛这一周内发生的事情不过是某处出现的小小失误。我们安然度过了不仅是身体层面,而且也包括精神层面的某种危机,至少我们认为自己已经度过了……

一天晚上,我正在节子的身边看书,忽然我将书合起,走到窗边。在那里站立良久,陷入深深的思考。最后返回节子的身边,再次打开书本读起来。

"怎么了?"她抬起头问我。

"没什么。"我直白地答道,装作被书本吸引的样子。但过了几秒钟,我还是开口说道,"我自从到这儿之后,什么都没干,我在想是不是要做点儿什么。"

"是啊,工作可别耽误了。父亲不也提过这事儿嘛!"她面作正色答道,"别光顾着我了……"

"什么啊,你的事儿更重要啊……"我这样说着,脑

中忽然模模糊糊地浮现出一部小说的框架,我一面紧紧地追逐着这突然迸发的灵感,一面仿佛自言自语似的说道:

"我想把你的事儿写成小说。除此之外,我再不想做什么。我们像现在这样相互取暖——在大家都不抱希望的绝境中开始的生之快乐——我想把这种别人无从知晓,只属于我们的东西,转化成看得见、摸得着的东西,你懂吗?"

"我懂啊。"她干净利落地回答我,似乎在沿着我的思维轨迹前行,好像这就是她自己的思维轨迹似的。但马上又撇了下嘴,好像敷衍我似的笑着说,"如果是关于我的事,请不要客气,随便写吧。"

"啊,我当然可以痛快一写……不过这次写的东西,必须有你的全力支持才行啊。"

"我能帮上你吗?"

"希望你能在我写作的期间,从头到脚都要散发着幸福的气息,不然的话……"

比起一个人愣愣地思考,像这样两个人在一起的环境更能帮助自己获得灵感——想到这里我异常兴奋,不停地在病房内踱来踱去,就如同是被喷涌而出的文思所迫。

"总是在我这个病人身旁的话,自己都会变得没有活力啊……要不要稍稍出去散散步?"

"嗯,我也要开始工作了。"我目光饱满、精神十足地回答道,"要好好散散步。"

我走出森林,对面是一片大沼泽。继续前行穿过前方的另一片森林,八岳山山麓一带空旷辽阔的景象就如同画卷般地呈现在面前了。在视线更远处,几乎是在森林的边缘地方,毗邻着一个小小的山村和一片附于斜坡的耕地。其间,还可望到有着红色屋顶、似翅膀状展开的疗养院建筑群。它们虽然形状已经变小,但仍旧清晰可见。

从早上开始,我便走出了疗养院,完全随着自己的潜意识信步而行,毫无目的地从一片森林走到另一片森林。但是现在,秋日澄澈的空气又将远处已经变得极小的疗养院拉近到我眼前。在它不经意间进入我视线的那一刹那,我仿佛突然从混沌中清醒过来。头一次以冷眼旁观的心态开始认真思考现在的生活——思考终日在建筑物内被众多患者所环绕的、若无其事的一天接一天的生活。随后,在刚才就一直从身体里喷涌的创作欲的刺激下,我开始将那些奇妙的日常生活,转换成一个异常感人而又寂寥的故事……

"节子,我从未奢望过我们两个人会如此相爱。因为我从前的生活中没有你,而你也……"

我冥想着两个人的种种,思绪时而飞速掠过,时而停滞不前,好像永远会这样犹犹豫豫下去似的。这段时间,我虽然渐渐远离节子,但时常还会和她说说话,并听闻她的回答。这个关于我们两个人的故事,就像生命自身一样,全无终结之时。而这个故事,又不知在何时好像有了生命,将我抛在一旁而自由自在地发展起来,甚至对动不动就踌躇不前的我不理不睬,以自己的欲望安排着故事中身染重病的女主角悲惨地死去——这是一位已经预感到自己死亡的姑娘,一位用尽自己残余的力量努力地活着、努力地激发起生的火花的姑娘,一位躺在恋人的怀抱中,一面为将要孤单生活在世上的恋人而悲伤,一面幸福地死去的姑娘——这样的画面如凭空描白,直入脑海。"男人总试图将与这位姑娘的爱情变得更加纯粹,说服身染重病的女孩来到大山深处的疗养院。而当死亡开始威胁他们的时候,男人就会渐渐产生怀疑：即使得到了自己所谓的幸福，就真的能让自己完全满足吗——那姑娘却在痛苦弥留之际，一面感谢男人真诚的照顾，一面满足地死去。男人最终被死去姑娘那颗永恒之心所救赎，开始对两个人之间那淡淡的幸福深信不疑。"

这样的故事结局好像已经对我恭候多时了似的。忽然，那个姑娘弥留之际的景象猛烈地撞击着我的胸口。我宛如从梦中惊醒一般，被难以名状的恐怖与羞耻感所侵袭。我猛然从正坐着的山毛榉根上站起来，想要把这个噩梦从自己身上赶走。

太阳早已高高升起。大山、森林、村落和农田，这一切在秋日和煦的阳光中显得平静安稳。从远处看来小小的疗养院楼室里，想来一定也恢复了往日的常貌。不经意间，在那陌生的人群之中，孤零零地独自等待着我的节子的样子浮现在眼前，她显得与这个环境如此格格不入。想到这儿，我忽然十分担心她，匆忙走下山路返回。

我穿过后方的杂树林回到疗养院，在阳台上踱了一会儿，便向最里面的病房走去。节子没有注意到我。她躺在床上，像平常一样用手拨弄着发梢，眼神里带着几分悲伤地望着天空。我立即放弃了用手指敲打玻璃窗的想法,转而出神地看着她。

节子似乎正在极力与某种威胁自己的东西相周旋,看上去她自己都没有意识到自身现在的状态,只是一味地茫然懵懂……看到她如此陌生的姿态,我内心一阵痛楚……忽然,她的表情变得晴朗起来。她抬起头,甚至露出一丝微笑——她看到了我。

我从阳台进了屋,然后走到她身边。

"你在想什么?"

"没……"她用一种不知为何令我感到陌生的声音回答道。

我没有说话,心情低沉地保持着沉默。她却似乎逐渐恢复了自己,用甜蜜的声音问道:"刚才你去哪儿了?去了这么长的时间。"

"去对面看了看。"我率直地指了指正对面远方的森林。

"哦,你去了那么远的地方……工作的事儿怎么样了?"

"嗯,差不多了……"我冷淡地答道,然后又短暂地返回沉默之中。顷刻，我突然用比平时高调的声音，突兀地发问，"你对现在的生活满意吗？"

节子听了这个不知所以的问题，略显胆怯，然后注视着我，非常肯定地点了点头，却又有些不解地反问道："为什么这么问？"

"我总觉得现在这样的生活是我一时冲动的结果。我把这个看得这么重要，可这对你……"

"别说这些。"她急忙打断我，"你这样说才是一时冲动呢。"

但是，我依然表现出一副对她的这些话不太满意的样子。她暂时凝视着我这消沉的样子，最后终于忍不住似的开口说道：

"你真的不明白我在这里很满足吗？不管身体多差，我都从没有过要回家的想法。如果不是你日夜在我身边，我真不敢想象自己会变成什么样……即使在刚才你不在的时候，我也是勉强支撑，一直安慰自己说：你回来得越晚，见面的那一刻快乐就越多——但是远在我预计的时间之外你还没有回来，这让我非常不安。这段时间里，我甚至觉得这间时常和你相处的房间，都不知为什么变得非常陌生了,我甚至想从这让我害怕的房间中跑出去……但是,一想起你以前对我说过的话,我便稍稍平静下来。你以前什么时候对我说过的吧——在遥远的将来,再次回忆起我们现在的生活,该是多么美好的事情啊。"

她用越发沙哑的声音说完这番话,然后弯着嘴角,用一种说不上是微笑的表情,注视着我。

我听着她的表白,内心激动不已。但是又好像担心她看到自己如此感动的样子似的,悄悄向阳台走去。站在阳台上,我静静地凝望着附近的景色,这景色与我们在那个初夏的傍晚所描绘出的幸福场景何其相似——只可惜现在是完全不同的秋日朝阳,更加感觉清冷而又色调鲜明的朝阳。心中有种与幸福近似却又令人揪心的莫名的激动,它使胸口充满了悲伤……

冬

一九三五年十月二十日

午后,我像往常一样将节子留在病房,独自离开疗养院。穿过正在忙于收获的田野,越过杂木林,进入大山洼地里人迹罕见的小村庄,渡过架在小小溪流上的吊桥,爬上村子对岸满是栗子树的低矮山丘,在山丘顶部的斜坡上坐了下来。在随后的几个小时中,我心情愉快,一直沉浸于即将开篇的小说的构想之中。偶尔下方的孩子们摇晃栗子树,栗子一下子同时落下来,巨大的声响震彻山谷,我着实被这突然的巨响吓了一跳。

我周围的一切所见所闻,都不啻在宣告我们的生命之果已经成熟。同时自然而然产生出的那份希望能尽快收获的迫切感,令我倍感愉快。

终于落日渐渐西垂,看到山谷间的村庄已经完全淹没在杂木林的阴影中,我慢慢起身向山下走去。再次通过吊桥,漫无目的地在小村庄里转了一圈,这里的水车不停地发出"咕咚咕咚"的声音。随后,我沿着八岳山山麓一带落叶松林的边缘,返回疗养院,节子一定在房间里等我等得着急了,这样想着,我加快了返程的脚步。

十月二十三日

天快亮的时候,我被发生在身边的异样动静惊醒了。侧耳倾听,整个疗养院却如同死一般寂静,可是我已经完全清醒了,再也无法入眠。

透过附着小飞蛾的玻璃窗,我茫然地注视着空中点点星辰所发出的微弱光芒。但不经意中,便觉得这样的黎明对我而言有着无可名状的寂寥感。我站了起来,茫然无措,光着脚走到了隔壁光线昏暗的病房中。我走近病床,弯下腰俯看着节子睡着的样子。这时,她忽然张开双眼,向上

望着我,有些奇怪地问道:

"怎么了?"

我用眼神告诉她没什么,同时慢慢弯下腰,仿佛支撑不住似的,把我的脸紧紧地贴在她的脸上。

"啊,有点儿凉。"她闭着眼,微微晃了晃头。她的头发散发着清香。就这样我们两个人相互感受着对方的气息,许久都一动不动。

"哎呀,栗子又掉下来了……"她将眼睛睁开一条细线看着我,喃喃地说道。

"啊,原来那是栗子落地的声音……刚才就是这个声音弄醒我的。"

我略微提高了一下声调回复道。然后放开她的手,走向不知不觉中已经明亮起来的窗边。我倚在窗户上,望向远方边缘已经呈现浓重鲜红色彩的几片静止不动的云朵,任由刚才在床边不知从谁眼中涌出的热泪,在我的脸颊上潸然而下。不一会儿,田野那边似乎有了什么声响……

"那样会感冒的。"她卧在床上小声地说。

我本想着用一种轻松的语气回答她,可转过头去却看到她睁大眼睛,担心地看着我的样子,顿时感觉难以启齿。

最后，我默默地离开窗边，回到自己的房间。

几分钟后，节子开始剧烈地咳嗽，这是她在黎明时分常犯的症状。我钻回自己的被窝，以一种难以名状的心情静静地听着。

十月二十七日

今天下午，我也是在山上度过的。

我终日都在思考一个主题。有关婚约的主题——两个人在如此短暂的一生中，究竟能让对方感受到何等程度的幸福？在命运的安排之下，相互间温暖着对方的身心，坦荡地接受自己的命运，却相互鼓励着携手前行的一对青年男女——就像这样一对稍显寂寞，但却毫无悲伤之感的情侣形象，清晰地在我眼前呈现出来。可除此之外，现在的我又能描绘出别的什么呢？

广袤无垠的山麓已经完全被山坡上的落叶松林染成了黄色。到了晚上，我像往常一样沿着松林的边缘匆匆返程时，远远地看到，在疗养院后面的杂木林边，一位高个子的年轻女子正在沐浴着阳光,她的头发在日光中呈现出炫目的光泽。我微微站住,感觉这好像是节子。但是看到她一个人站在那里,还无法确认是不是节子本人。我加快脚步,走近一看,果然是她。

"怎么了?"我跑到她身边,喘着粗气问道。

"我想在这儿等你回来。"她略有些害羞地微笑着答道。

"你怎么这么乱来。"我望着她的侧脸。

"就这一次,没关系啦……我今天感觉非常好。"她竭力用快乐的语调对我说着,专注地看着我回程经过的那个山麓。

"我从老远就看到你了。"

我什么也没说,与她平行而立,注视着同样的方向。

她又高兴地说道:"在这里就能看到整个八岳山了。"

"嗯。"

我漫不经心地回复着。在和她并肩遥望那条山脉的时候,我忽然感到自己进入了某种不可思议的混沌之状。

"今天是我们第一次看到这座山吧。不知为何,我总觉得我们一起看过很多次了。"

"那怎么可能呢?"

"啊,对了……我想起来了……我们曾经像现在这样,一起从相反的一侧遥望过这座大山。对了,和你一起遥望这座大山的时候是夏天,而且山体被云遮挡,什么都没看到。但是到了秋天,我一个人跑去看,就能看到在远处地平线上高耸的山峰了,不过那是和现在相反的另一侧。那时我根本没有意识到这是同一座山。正好也是那个角度……对了,你还记得那片芒草茂盛的原野吗?"

"嗯。"

"可是,真的有点儿不可思议啊。我们在这儿生活了这么长的时间,却一直没有注意到。"

就在两年前那个秋季的最后一天,我从茂密的芒草原野上,第一次远远地望到浮现在原野上的群山,那一刻,我带着几乎有些悲伤的幸福感,幻想着两个人终有一日能够生活在一起。这种想法仍然历历在目,时时浮现。

我们陷入了沉默。两个人遥望着空中掠过山顶的飞鸟,以及远方层峦叠嶂的群山。我们以一种不忘初衷的情感,相互搭着肩膀,伫立于此,任两个人的身影在草原上慢慢拉长。

不一会儿,风云渐起,我们背后的杂木林也响起了嘈杂之声。

"差不多就回去吧。"我像是忽然想起来什么似的对她说。

我们走进落叶不断的杂树林中。我不时停住,让她走在我前面一点儿。两年前的那个夏天,在森林中散步的时候,为了好好地看着她,我也是这样让她走在我前面两三步的样子。那时的各种零零碎碎的回忆,都浮现在我的脑海中,令我倍感痛苦。

十一月二日

夜晚,一盏灯拉近了我们之间的距离。在灯下,我们已经习惯了默默无言。我继续努力地撰写着以我们的生之幸福为主题的故事,而在被灯罩阴影处所笼罩的稍显阴暗的病床上,节子安静地睡着了,就如同已和万物融为了一体。我偶尔会抬头看看她,有时也发现她会看着我,而且似乎一直在凝视着我。她无限柔情地看着我,眼睛里好像在说:"只要能待在你身边,我怎么都好。"

啊,她给我的帮助是多么巨大啊!这一切都让我更加确信我们正在拥抱幸福,而且我努力地让我们的这种幸福感具象化。

十一月十日

冬季来临了。天空一下变得空阔,群山仿佛就在眼前。偶尔,有雪云安静地覆盖着山顶。在这样的清晨,可以看到很多平时所罕见的小鸟,它们就好像是被山上的大雪赶下来似的,成群结队地飞到阳台上。而雪云散去之后,山顶部分会在一整天的时间内呈微白的颜色。最近有几座山的山顶因为渐渐有了积雪,而变得格外醒目。

我想起几年前,自己曾经屡屡梦想能和一位可爱的姑娘,二人独自在冬日这与世隔绝的幽寂山中,过着刻骨铭心的幸福生活。那时我执着于在那种会令人感到恐惧的严酷环境中,原原本本地实现这个长久以来的梦想——一个只有在如此酷寒之时、如此幽寂之地才能实现的梦想。

在天刚刚亮的时候，当身染小恙的姑娘还在睡梦中，我便悄悄起身。然后从山中小屋兴奋地冲向雪中。周边的群山，在晨光的沐浴中呈现出玫瑰色。我从隔壁农家要了一些刚挤出来的山羊奶，拖着冻透的身体返回小屋。在火炉被点燃后，不久火苗便伴随着"噼里啪啦"的声音冒出头来。当姑娘最终听到这个声音被吵醒的时候，我已经在一旁用冻僵的手开始愉快地记录我们在山里的幸福生活了……

今天早晨，我会想起这个自己几年前的梦，眼前浮现出那个几乎不可能存在的如版画般精美的冬日景象，还有与自己商量着原木小屋中如何摆放家具时喃喃自语的场景。最后，脑中的背景变得支离破碎，渐渐模糊直至消失。仿佛从梦中坠到现实似的。呈现在眼前的，只有残留着些许积雪的群山、光秃秃的树木和冰冷的空气……

我一个人先吃了饭，把椅子挪到窗边，让自己沉迷于这样的回忆之中。这时，我猛地向节子看去。她终于吃完了饭，现在正半卧在病床上，带着疲倦的神情怔怔地望向大山的方向。我看着她那微微散乱的头发和消瘦的脸颊，心中悲痛莫名。

"是我任性地为实现自己的梦想才将你带到这里的吗?"我心中充满悔恨,但只得将这句话默默地埋在心底,转而调转话题。

"抱歉,最近精力都用在自己工作上了。即使像现在这样待在你身边,我也满脑子都是工作的事儿。但我要对你说,也要对自己说,'我在工作的时候,也要更多地考虑到你'。这样想着,我就会在不知不觉中变得非常高兴。相比于你的事,我为那些无聊的梦想,消耗了更多的时间……"

也许是注意到了我欲言又止的眼神,病床上的节子没有微笑,只是表情严肃地看着我。不知从什么时候开始,也许是为了拉近彼此间的距离,这种比平时更长久的对视,已经变成了我们的一种习惯。

十一月十七日

大概两三天后我就能将初稿写完。但如果是将我们现在的生活一直写下去,故事可能永远也写不完了。为了能收笔了结现在的故事，我必须给它安排一个结局。但是，我不想给我们正在不断延续着的生活本身安排任何结局，而且这也是无法安排的。倒不如说，最好的结局就是让故事在这一刻画上句号。

这一刻我们的样子？我想起曾在一部小说中读到过"对幸福的追忆是获得幸福的最大障碍"之类的话。现在，我们相互给予对方的幸福，与我们曾经给予对方的是多么不同！这是与曾经的幸福形相似，实则不同，这种"幸福"让我们感到痛心苦楚。它的真身尚未从我们的生活表层完全浮现出来。而我们现在迫不及待地追逐着这所谓"幸福"，究竟能不能给自己的幸福故事一个相称的结局呢？不知为何，我感觉在我还不能完全了解的我们生活的侧面，有某种说不清的东西正隐约地对我们的幸福深怀敌意……

这种想法令我焦躁不安。我关上灯，从已经熟睡的节子身旁走过。随即停了下来，在黑暗中详视着她苍白的睡颜。她稍稍内陷的眼窝偶尔痉挛，让人感觉似乎是受到了某种威胁。或许这一切只是我自己心底的不安感所反射出的一种错觉吧。

十一月二十日

我把迄今为止写好的初稿通读了一遍。那些我留意着力描写的地方,大体上还能让自己感到满意。

但是,在我阅读初稿时,似乎看到了另外一个"我"的存在。这个"我"完全不能体会故事主题中我和节子的"幸福",这让我倍感不安。使我在阅读过程中思绪多次无缘由地脱离故事本身。"故事中的我们,体会着虽然渺小,却是自身最大限度的生之喜悦。仅凭这一点,我就能确信我们可以给予对方幸福。至少在这件事情上,我的心是有所依靠的。但是,我们的要求是不是过高了?我们是不是将自己的生的欲望看得过轻了?是不是正因为如此,我的心才会像紧绷的绳子一样快要断开了呢?"

"可怜的节子……"我就这样将初稿扔在桌子上,继续思索着。

"她在沉默中看穿了我那假装不在意,实则极其强烈的对生的欲望,自然而然地表现出对我的同情。而这又让我陷入了痛苦……我为什么不能在她面前成功地隐藏自己？我为什么如此软弱……"

我望向灯影下卧床的节子，看到她从刚才开始便半垂着的眼睛，感觉好像窒息一般地揪心。我离开灯旁，慢慢向阳台走去。

透过夜空中小小月牙发出的微弱光芒，可以模糊地看到远处被云块覆盖的山峰、丘陵以及森林的大体轮廓。而视野中的其他景物则全部消融在朦胧的墨蓝色夜幕之中。但是，我看到的并不是这些。那个昔日的初夏傍晚，我们两个人满怀同情，带着准备将我们的幸福坚持到最后的决心，一同遥望远方的山峰、丘陵和森林——这样的画面现在又清晰地浮现出来。而在我们不知不觉中也融入了这风景的刹那，也时常出现在脑海里。这些鲜活的回忆几乎变成了我们存在感的一部分。但是由于这些景物已经随着季节变换了模样，现在险些找不到了。

"我们已经拥有了如此幸福的瞬间，是否仅凭这一点，就足以支撑我们现在这样的生活了呢？"我反问自己。

背后响起了轻轻的脚步声——肯定是节子。我没有回头，就这样直挺挺地站着。她也默不作声，站在离我稍微远一点儿的地方。但是我仍能觉察到她离我很近,近到我几乎可以感受到她的呼吸。刺骨的冷风偶尔从阳台上方静静吹过,远方某处的枯木发出沉闷的回响。

"在想什么?"她终于开口说话了。

我没有立刻回答她,只是忽然望向她,带着淡淡的微笑反问道:"你是知道的吧?"

她似乎担心有什么陷阱似的,小心翼翼地看着我。

"就是在考虑工作的事儿啊,"我看着她,不紧不慢地说道,"我怎么也想不出个好结尾。我不想写个好像我们庸庸碌碌地在世上走一遭的结尾。怎么样,你和我一起想想?"

她对我笑笑,笑容里似乎有某种不安。

"可是,我还不知道你书里的内容啊!"她终于小声地说。

"是啊!"我的脸色又一次浮现出那种淡淡的微笑,"那过几天给你读一遍听听吧。可我现在只是初稿,还没整理成可以念给人听的程度呢。"

我们回到房间。我再次坐在灯光下,把我放在那里的初稿重新拿起来看。她依然在我身后那样站着,手轻轻地搭在我的肩上,隔着肩膀读我手中的稿子。我忽然转向她,用干涩的声音说道:"你早点儿睡吧。"

"嗯。"她乖乖地回应着,然后犹豫着将手移开我的肩膀,回到床上。

"有点儿睡不着哦。"两三分钟后,躺在床上的她自言自语道。

"啊,那我把灯关了吧……我也差不多了。"说着,我关了灯,朝她的枕边走去。我坐在床边,握着她的手。我们就这样在黑暗中保持着沉默。

风刮得更加猛烈了。屋外的森林持续发出狂风掠过的声音。而疗养院的建筑物也被这狂风侵袭,楼里的玻璃窗"啪啪"作响,最后连我们的窗户也不能幸免。她似乎对此极为害怕,紧紧地拉着我的手不肯松开。她就这样闭着眼,似乎是要努力睡着的样子。过了一会儿,她握着我的手稍稍松弛下来。看样子,似乎是睡着了。

"好了,现在该轮到我了……"我小声说道。为了让与她一样无法入眠的自己赶快入睡,我向自己漆黑的房间走去。

十一月二十六日

这段时间，我常常在黎明时分就醒过来了。每次我都是悄悄起身，详视着节子的睡颜。床边和花瓶都已经被日光染成了黄色，只有她的脸色还是如此苍白。"太可怜了。"这句话好像已经成了我的口头禅，时常不知不觉地说出来。

今天我同样是黎明即起，在长时间注视着节子的睡颜之后，我踮着脚尖离开房间，进入疗养院后面那片几乎落叶已尽的树林。每棵树上只剩下两三片残叶还在无力地对抗着寒风。在我刚刚走出这片空无的树林时，看到大片云朵低垂在由南至西、比肩而立的群山上。这些云朵被刚刚升到八岳山山顶的朝阳逐渐染成红色，但这朝阳似乎还未能照到地面。而那些错落于群山之间的森林、农田及荒原都变得光秃秃的，这一刻就如同被无情的造物主所抛弃一般。

我在枯木林的边缘徘徊着，偶尔停下脚步，因为太冷而跺着脚在附近走来走去。此刻,我思绪混乱,在不经意间仰头一望,发现天空已经被失去了红晕光彩的黑云完全覆盖。一直期待着那束美丽的晨霞曙光降临大地,而现在却落空了。我感到十分扫兴,加快脚步回到疗养院。

节子已经醒了。但她看到我回来时,也就是抬起头,用忧郁的眼神看了我一下。她现在的脸色似乎比刚才睡着时更加苍白。我靠近枕边,绾起他的头发想要亲吻她的额头,她却弱弱地摇摇头。我沉默着,悲伤地看着她。而她却茫然地望着天空,不想看到我,更不想看到我悲伤的表情。

夜

只有我还被蒙在鼓里。在上午的诊察结束后,我被护士长叫到走廊里,这才听到我不在的时候节子有少量咯血的事情。她没有告诉我这件事。咯血还没有到危险的程度,但院长说为了预防万一,还是需要安排一名贴身护士。我只得答应了。

我决定在这期间搬到刚好空出来的隔壁病房居住。这间病房的陈设几乎和我们的病房完全相同,但却给我一种完全陌生的感觉。带着这种感觉,我开始独自地写着日记。就这样坐了几个小时,但还是感觉这房间内空虚寂静,好像空无一人,连灯光都带着冷冷的气息。

十一月二十八日

我把即将完成的初稿扔在桌子上,仿佛再也不想碰了似的。我婉转地告诉节子,为了完成稿子,我们分开住一段时间会好些。

但是,现在这样一个人神经兮兮、患得患失的我,又如何能描绘出我们两个人那种幸福的状态呢。

我每天每隔两三个小时就会去旁边的病房看看,在节子的枕旁稍稍坐一会儿。但是说话太多对她的病情有影响,所以我们大多数时候一言不发。当护士不在时,我们就会默默地握住对方的双手,尽量避免对视。

虽然这么说,但我们还是会有四目交汇的时候。每到这时,她就像我们刚刚交往时那样,脸上露出害羞的微笑。但随后,她马上转开视线,望着天空,安静地躺着,丝毫没有对自己命运的不满。她问过一次关于我工作进展的情况,我只是摇摇头。她有点儿怜悯地看着我,从那以后就再也没问过。就这样,我们日复一日地在平静中度过。

此后,当我要求代她给她父亲写信时,她拒绝了。

夜里,我久久地坐在书桌前,什么也没做,只是茫然地望着散落在阳台上的灯影。那灯影随着与玻璃窗的距离变远而逐渐暗淡,最后被黑夜所包裹,消失在黑暗之中。这种感觉有点儿像自己内心世界的活动。我觉得,节子可能还没有入睡,也许她正在想着我……

十二月一日

最近几天,不知何故,喜欢我房间内灯光的飞蛾又多了起来。

夜晚,这些飞蛾从各处飞来,扑打着紧闭的玻璃窗。这种猛烈的撞击会使飞蛾受伤,但它们却像拼命求生一般，竭力地希望能在玻璃窗上撞出一个洞口。我觉得这样太过吵闹，便把灯熄了上床休息。它们依旧疯狂地扑打着，但过了一会儿这种声音变得微弱，最后它们就会攀附在某处不动了。到了第二天早上，我一定会在玻璃窗下，发现一只像枯叶一样的飞蛾尸体。

今夜也有这样一只飞蛾，竟然飞到房间中来了。从刚才开始，它就一直绕着我对面的灯疯狂地转圈。过了一会儿，它便"啪"的一声落在纸上，然后一动不动，就像死了一样。可过了一会儿，又好像是渐渐想起来自己还活着似的，一下子飞了起来。它似乎也不知道自己在做什么。最后，又是"啪"地落在了纸上。

我并未由于特别的恐惧感而将飞蛾赶跑，反而漠不关心地任由它在我的纸上自生自灭。

十二月五日

傍晚，房间里只有我们两个人。贴身护士刚刚去吃饭了。冬季的太阳已经渐渐落入西山背后。斜射的夕阳，也让渐渐发冷的房间明亮起来。我坐在节子的枕旁,把脚放到取暖器上,弯着身子伏在手中的书上。这时,节子忽然轻声地叫道:"啊,爸爸。"

我下意识地抬起头看着她,看到她双眼里闪烁着平日不见的喜悦。但我仍装作没有听清似的,若无其事地问道:"刚才你说了什么吗?"

她沉默了一会儿没有回答,但是双目更有神采了。

"那座矮山的左边,有一块阳光能照到的地方吧?"她终于鼓起勇气,在床上伸手指着那个方向,然后又把指尖放到嘴里,好像要把那些难以启齿的话从口中拽出来似的。"那里有个影子和父亲的侧脸很像,等一下就会看到……看,正好出现了,看到了吗?"

顺着她的指尖,我立刻就明白了她所指的那座矮山。但其实她看到的,只是斜阳下清晰浮现出的山体褶皱。

"已经开始消失了……啊,只剩下额头了……"

这时候我也终于看到被节子认成她父亲额头的那块山壁。这确实也让我想起了节子父亲那坚实的额头。"甚至只是一块山影,都成为她内心渴求父亲的呼唤对象了吗?她现在已经全身心地感受着父亲,呼唤着父亲了吗……"

但一瞬之后,黑暗就将矮山彻底吞噬,一切的影像都消失了。

"你,是想回家了吗?"我最后还是不假思索地把自己最初的念想说了出来。

话刚一出口,我立即不安地看着节子的眼睛。她用一种近乎冷漠的眼光与我对视,然后忽然转开视线,用似有似无、略带沙哑的声音说道:"嗯,不知为什么,有点儿想回家了。"

我咬着嘴唇,轻轻地离开床边,走向窗旁。

她在我背后用微颤的声音说道:"对不起……但是,只是刚刚那一会儿而已……很快就好了……"

我在窗前抱着胳膊,无语站立。山麓已经是一团漆黑,而在山顶还浮着幽幽的微光。我忽然感到如同喉咙被遏制似的恐惧,猛然向节子望去,只见她用双手捂住脸。我浓浓地感到将会失去什么似的不安,奔向床头,强行把她的双手从脸上移开。她没有抗拒。

高高的额头,安静的目光,紧闭的双唇——她的一切都依旧如常,甚至比平时更加令人感到端庄……而我反而像个孩子,明明没做什么错事却显现出胆怯的神情。我突然通体无力,"扑通"一下跪倒在床前,把脸深深埋在床沿。保持这样的姿势许久不动,只感觉节子的手轻轻地在抚摩我的头发……

房间里,渐渐变得阴暗。

死亡阴影之谷

一九三六年十二月一日　K‥村

再次来到阔别了三年半的这个小村庄时，这里已经完全被大雪覆盖。听说雪已经下了一周，直到今天早晨才逐渐停了下来。请来为我做饭的小姑娘和她弟弟把我的行李装到和这个男孩十分相配的小雪橇上。两个人将帮我把东西搬到一座山中小屋中——我将在这里度过整个冬天。我沿着他们先行的雪橇痕迹前行，一路上几次都差点儿滑倒。山谷阴面的雪已经冻得相当结实了……

我租借的小屋位于这个村子稍北一点儿的小山谷中，那一带很久前就有不少外国人的别墅——我的小屋应该就在这些别墅的最边上。据说夏天来这里度假的外国人将这里称作幸福谷。但是这个人迹罕至、幽静寂寥的山谷，到底哪一点儿称得上是幸福谷呢？我走过一座座被埋在雪下、好像被抛弃了一样的别墅，跟在姐弟二人后面行进着。忽然一个与幸福谷完全相反的名字差点儿脱口而出，我稍微犹豫了一下，最后毅然地说了出来——死亡阴影之谷……没错，这名字与这里的情景更相配，至少对将要在这个寒冬中、在这里过鳏居生活的我而言是这样的。我头脑中反复这么想着，终于来到了自己租住的那个最靠外的小屋。小屋有着一个聊胜于无的阳台，屋顶覆盖着树皮，另外在屋子周围的雪地上还残留着许多不知名的足迹。姐姐先打开房门，然后进入屋内打开防雨窗。弟弟则告诉我这些脚印，哪个是兔子的、哪个是松鼠的、哪个是野鸡的……

　　我站在已经被积雪掩埋了一半的阳台上，向四周眺望。从这里望下去，我们刚刚路过的山谷背阴处，正是这美丽的小山谷的一部分。啊，弟弟乘着雪橇先回去了，他的身影在一棵棵秃木之间时隐时现，最终消失在下方的枯木林中。在我将山谷景色尽入眼底之后，小屋也已经打扫完毕。这时，我才第一次进入小屋。屋内装饰出乎意料得的简陋，连墙上都贴着杉树皮，天花板几乎可以说是什么都没有，但我的感觉并不差。随后，我立刻跑到二楼看了看，从床到椅子到其他物品，都是双人份的。就好像正好是为你和我准备的一样。如此说来，以前的我是多么梦想着能和你在寂寞如此的山间小屋里一起生活啊……

晚上，那个女孩把饭做好后，我就让她回村子了。然后，我一个人把大桌子拉到火炉旁，准备以后从写作到吃饭的一切行为都用这个桌子。这时，我忽然发现头顶的挂历还停留在九月份，便把已经过去的月份揭去，并在今天的日期下面标上记号。啊，时隔一年，我再次打开了笔记本。

十二月二日

今天，北方的某座大山好像突然刮起了暴风雪。昨天还看似触手可及的浅间山，今天却完全被雪云覆盖。看来这次的暴风雪很大，就连位于山麓的这个村子都受到了影响。尽管村子里时时能看到耀眼的日光，但雪却仍然下个不停。体幅巨大的雪云偶尔会将山谷覆盖，但在山谷的另一面，一路向南蜿蜒的群山上依然能看到一片澄澈的蓝天。只有整个山谷一下子变得阴暗了，形势猛烈的暴风雪阵阵吹过。可没等人回过神来，刹那间又变得阳光普照了。

我从火炉走到窗边，远望着山谷中变幻莫测的风景。不一会儿，再次回到火炉边，如此循环往复。或许由于这个缘故，我一整天都有种莫名的不安。

中午，村里那位姑娘背着个大包袱来到小屋。她只穿了双布袜子，手和脸都冻得通红。不过这个姑娘看上去很老实，而且话不多，这点十分合我的心意。和昨天一样，我还是让她做完饭后就回去了。她走后，我就仿佛一天已经提前结束了似的依偎在火炉旁，一动不动，只是茫然地看着火炉中的木柴随着风的流动而"噼里啪啦"地燃烧作响……

就这样到了晚上，我独自吃完一桌已经放凉的饭菜，自己的心情逐渐平静下来。雪没等下大就停了，而风却渐渐强了起来。炉火减弱，木柴燃烧的噼啪声也变得断断续续。每当这时，便能清晰地听到屋外狂风吹摇枯木林的呼啸声。

　　大概过了一个小时,我被反复无常的炉火弄得有些头晕目眩,想要出去透透风。我在一片漆黑的屋外走了走,脸被冻得冰凉,正打算返回小屋。借着屋内漏出的微光,我发现天空仍下着细雪。回到小屋,我坐到炉边,想要烘干被细雪打湿的身体。可当我一旦这样待在炉边,就会呆呆发愣,不知不觉地回忆起了往事,连身上已经彻底干透都浑然不知。那是去年这个时候,在大山中的疗养院里,同样是像今夜一样飘着细雪。我一次又一次地走到疗养院门口,焦急地等待着你的父亲,是我打电报叫他赶来的。午夜时分,终于看到了你父亲。可是,你只是看了你父亲一眼,嘴角努力地浮起一丝若有若无的微笑。你父亲什么也没有说,只是默默地守望着你憔悴不堪的面庞,并不时转过头向我投来不安的目光。可我却装作什么都没有看到,只是情不自禁地望着你。这时候,你忽然动了动嘴,我感觉你想对我说些什么,便走到你身边。你用几乎微弱到听不见的声音对我说:"你的头发上沾着雪……"

　　现在,我独自蹲在火炉旁,被这突如其来的回忆所牵引,无意识地伸手摸了摸头发,这才发现头发还没有干透,稍显冰凉。而在此之前,我竟然没有注意到自己这个完全出于无意识的举动……

十二月五日

这几日的天气格外好。清晨,阳光洒进阳台,外面没有风,异常暖和。今天早晨,我甚至把小桌子和椅子都搬到了阳台上,一边欣赏着银装素裹的山谷,一边享用早餐。大自然如此美丽,而我却独自享受,这着实令自己惭愧。偶然一抬头,看到干枯的灌木下不知何时闯进两只山鸡,这两个家伙正在雪地里走来走去,寻找食物……

"啊,快来看,这儿有山鸡!"

我想象着你这会儿就在小屋里,一面小声地喃喃自语,一面屏住呼吸盯着它们。我甚至担心你的脚步声太大,吓跑了它们……

就在这时,不知何处的小屋屋顶上的积雪坠下,轰隆一声巨响,我不禁吓了一跳,呆呆地望着那两只山鸡远逃而去，就像从我脚边逃走一般。几乎与此同时，我想起以前每每遇到这种情况，你总是站在我身边，瞪大了眼睛看着我，一言不发。记忆中的一切都如此清晰而又痛苦。

　　下午，我第一次离开这山谷中的小屋，到下面被大雪覆盖的村子转了转。我只见过这个村庄夏天和秋天的景象，而现在看到了被大雪覆盖的森林、道路和沉寂的别墅。虽然感觉似曾相识，却怎么也记不起它们从前的模样。不知何时，我曾经喜欢走的那条水车小路上，竟然建起了一座小小的天主教堂。这座教堂用精致的原木建成，它尖尖的屋顶上还覆盖着残雪，而下面则是已经发黑的木板墙。这一切越发让我觉得陌生。我踏着厚厚的积雪，再度进入我们曾经常常一起散步的那座森林。不久，我发现了一棵似曾相识的冷杉。在终于走近那棵冷杉的时候，从树上传来一声鸟类尖锐的鸣叫。我在树前停下脚步，一只从未见过的、带有泛蓝色羽毛的鸟像是受了惊，拍打着翅膀腾空飞起，然后马上落到另一根树枝上。随后，就像对我发起挑战似的不停鸣叫。我再无心留恋，便离开了这棵冷杉。

十二月七日

在集会堂旁边的冬枯树林中,我突然感觉自己听到连续两声杜鹃的鸣叫。这鸣叫声似乎离我很远,而再一想又好像离我很近。带着这种困惑,我望向这一带的枯草丛、枯树、天空,希望一探究竟。但那鸣叫声,却再也没有听到。

我想是我听错了吧。但此刻,这里的枯草丛、枯木以及天空,这一切都返回到了令人怀念的夏季模样,在我心中鲜活起来。

与此同时,我也清楚地知道:三年前的那个夏天,我失去了这个村子里自己所拥有的一切,直到现在也一无所有。

十二月十日

不知为什么,这几天我总是很难栩栩如生地回忆出你的样子。我变得无法忍受时时出现的孤独感。清晨,放入火炉的木柴怎么也点不着,这让我感到烦躁不安,几乎想把它们胡乱捣碎。只有在这种时候,我才会忽然感觉到你在我身边一脸担心的样子——最终我平静下来,把木柴重新摆好。

又或者在某个午后,我想去村子里散散步。由于冰雪解封的缘故,顺山谷而下的道路泥泞异常,很快鞋子上就沾满厚厚的泥土,举步维艰。我不得已中途折返,回到住所。就这样好不容易走回到冰雪仍旧冻结的山谷时,心里不由得松了一口气。但接下来需要从这里到小木屋一路沿坡上爬,途中必然会格外费力。为了振奋一下自己这动辄沮丧的心理,我甚至背诵了一首已经记忆模糊的诗句。"即使我行走在死亡阴影的幽谷之中,也丝毫不会害怕灾难的降临,只因有你与我同在……"而这诗句对现在的我而言,也只能让我徒感空虚无力。

十二月十二日

傍晚，我从水车小道前的那座教堂经过，看到一个小工模样的男人正在往雪地上仔细地撒着煤灰。我走到他旁边，漫不经心地询问是否这座教堂在整个冬季都开放。

"听说，今年再过两三天就要关门了……"小工略微停下撒煤灰的工作答道，"去年整个冬天都是一直开放的，但今年神父要去松本那边……"

"这大冬天的，村里还有信徒吗？"我冒冒失失地问道。

"几乎没有……基本上就是神父一个人每天在做弥撒。"

在我们站着聊天的时候，那位据说是德国人的神父凑巧回来了。这下轮到我被这位日语不通熟，但却非常亲切的神父"抓住了"。他对我一个劲儿地问东问西。最后，不知道是不是误解了我的话，神父不停地劝我一定要来参加明天周日的弥撒。

十二月十三日 周日

早上九点左右,我漫无目的地去了那座教堂。在点着小蜡烛的祭台前,神父已经和一名助手开始了弥撒。我既非信徒,也并无特别之处,不知该如何是好,只得轻手轻脚地坐在教堂最后面的草编椅子上。我原本以为教堂里一个信徒都没有,但当我的眼睛慢慢适应了室内昏暗的光线后,却发现在信徒席最前排的柱子旁,跪着一位身穿黑衣的中年妇女。当我意识到这位妇女从刚才开始就一直在那里时,顿时感觉整个教堂气氛阴森寒冷……

此后,弥撒差不多又继续了一个小时。临近结束时,我看到那位妇女忽然取出手帕捂在脸上,可并不知道是什么缘由。过了一会儿,弥撒好像终于结束了。神父并没有望向信徒席,而是径直走向旁边的一间小屋。只有那位妇女依旧一动不动,而我则悄悄地溜出了教堂。

天色有些阴暗。我来到冰雪已经融化的村子里,漫无目的地到处徘徊,内心空荡不已。我还去看了我们以前一起作画的那片原野，那棵挺立的白桦树依旧醒目，只有根部还残留着积雪。我站在那里，无限怀念地抚摩着树身，直到指尖几乎快被冻僵。但我怎么也想不起那时你的样子……最后，我怀着难以名状的寂寞感离开了那里，穿过枯木林，一口气爬上山坡，回到了自己的小木屋。

我大口地喘着粗气，不由自主地坐到阳台的木地板上。就在这个时候，忽然感觉你朝我走了过来。心烦意乱的我装作浑然不知的样子，茫然地托着下巴。但你却以一种比任何时候都栩栩如生的真实形态呈现在我眼前——我甚至觉得你的手正搭在我的肩膀上，这不正是你独有的习惯吗……

"饭已经准备好了……"

那姑娘叫我去屋里吃饭，她好像一直在等着我回来。我猛然被拉回到现实当中，心中埋怨着她的突兀，满脸不悦地走进小屋，一句话也没有跟她说，如同往常一样一个人开始吃饭。

到了傍晚，我依然怨气未消，就这么打发那姑娘回去了。过了不久，我开始后悔，下意识地再次走上阳台，就像刚刚那样（只是这次没有你……），茫然地望着下面仍旧积着残雪的山谷。只见有人正缓缓穿过枯木林,左顾右盼地爬上这边的土坡。我很好奇这人是谁,等他走近了,才发现原来是那位神父,他像是正在寻找我住的地方。

十二月十四日

按照昨天傍晚和神父的约定,我拜访了教堂。由于神父明天就要关闭教堂赶赴松本,他在和我说话的过程中,会时不时地起身嘱咐一下帮他收拾行李的小工做这做那。神父不停地对我说,自己本想在村里发展一个信徒,但现在却要离开这里,感觉非常遗憾。我想起昨天在教堂里看到的那位似乎也是德国人的中年妇女。我想找机会问问关于她的事,但又觉得可能会引起误会,让神父以为我在说自己,所以只得作罢……

后来,随着我们这段"鸡同鸭讲"的对话中断的次数越来越多,我和神父都陷入了沉默。两个人默默地坐在温度过高的火炉边,隔着玻璃窗,遥望着晴朗的冬日天空和随狂风四散而去的朵朵白云。

"如此美丽的天空，只有在寒风四袭的冬日才能看到。"神父漫不经心地说。

"确实，只有在这样刮着寒风、冰冷刺骨的冬日……"我鹦鹉学舌般地附和着，神父刚才的无心之言却奇妙地触动了我的心弦。

就这样与神父待了将近一个小时后，我返回小屋。一进屋，我就发现一个邮寄来的小型包裹。这是我很久以前订购的里尔克(Rainer Maria Rilke)的诗集《安魂曲》和其他两三本书。这些书上贴着许多标签，一定几经辗转才送到这里的。

夜里，在将所有睡前工作都处理完毕后，我坐在炉火旁，伴着屋外的风声，开始读里尔克的《安魂曲》。

十二月十七日

又下雪了。从早上开始雪便不停地下。转眼间，眼前的山谷就被再次披上了银装。现在已经是隆冬季节了。今天一整天我都是在火炉旁边度过的，偶尔走到窗边恍惚地望一望雪中的山谷,然后马上又返回炉旁,继续读里尔克的《安魂曲》。现在,我仍然不愿让你安静地离去,仍然不断地呼唤着你,对自己那近乎妇人一般软弱的内心,而感到近乎后悔似的耻辱。

> 我拥有死者,任凭他们离去,
> 我惊奇地发现,
> 他们迥异于传闻,他们从容异常,
> 他们如此笃定,很快就安于死亡,相当快乐。
> 只有你,只有你转身回来。
> 你与我擦肩而过,在我身边徘徊,
> 你触碰到了什么,它发出了声响,出卖了你的存在。
> 啊,请不要将我花费时日学来的东西带走。
> 我是对的,而你是错的。
> 你是为谁的物件勾起了乡愁。
> 即使那个物件就在我们眼前,
> 并不意味着它就在那里。
> 当我们感知到它时,
> 只不过是因我们的存在而将它反映出来而已。

十二月十八日

雪终于停了。我抓住这个机会，走进了那片从未涉足的树林。我直步前行，偶尔会遇到树上的积雪"哗"的一声坠下，落到头上，溅得雪花满身。但我觉得很有意思，仍旧兴致满满地走过一片又一片树林。这里显然还没有人来过，只有四散在地上的兔子脚印，还有些像是野鸡的一串串脚印。看着这些脚印，能想象到它们轻快地横穿过小路的样子。

但无论怎么走，森林似乎永无尽头。这时，雪云已经开始在树林上空铺散开来。我打消了继续前进的念头，半途折返。忽然，我感觉到自己好像走错了路，甚至在不知不觉中，连自己来时的脚印都找不到了。我顿时心慌起来，凭着感觉，大步地朝着自己印象中与小木屋相同方向的树林走去。不知从什么时候开始，我仿佛听到身后有另外的脚步声，那不是我自己的声音，脚步声很轻，似有似无……

我没有回头,迈开大步走出树林。我带着抑郁的心情,将昨天读完的里尔克《安魂曲》的最后几行诗脱口而出:

请你要不回来。
如果你可以忍耐,就留在死者中间。
他们也有很多事情要做。
若是不会令你分神,请你助我一臂之力,
就像远方之物经常给我力量一样
——在我的内心深处。

十二月二十四日

晚上,我被邀请到村子里那个为我做饭的姑娘家中,过了一个寂寞的圣诞节。这里的冬季几乎没有人来,但到了夏天却有很多外国人来度假。也许正是因为这个缘故,本地的村民也喜欢学着外国人的样子过圣诞节。

九点左右,我独自从村里回来,沿着满是积雪的山谷的背阴面往回走。走进最后一片枯木林的时候,我忽然发现路旁被白雪覆盖成一团的灌木丛上,洒着不知从哪里发出的幽光——这种地方为什么会有光?又是如何射到这里来的?我对此十分好奇。我环视着别墅散布的山谷,只有一个屋子亮着灯,那应该就是我住的小木屋。因为光线来自山谷的最上方。"啊,那个山谷顶上只住着我一个人啊……"我这么想着,缓缓地向山谷上方走去,"我今天才知道,自己小木屋里的灯光竟然能射到山下这么远的树林中。瞧瞧……"我自言自语似的说道,"啊,这儿有,那儿也有,雪上的小小光圈四散各处,几乎遍布了整个山谷。这些都是从我的小屋发出的光亮啊……"

我终于爬上了高坡,来到自己的小木屋前。我没有进门,而是径直登上阳台,想再看一下屋里的灯光究竟可以将山谷照亮到何种程度。但从阳台向外看去,屋内的光线只能在小屋周围投下微弱的光亮。而这点微光,又会随着离开小屋渐行渐远的距离而变得越来越暗,最后和山谷里的雪光融为一体。

"这……刚才明明看到那么多光,现在站在这儿一看,只有这么点儿啊。"我有点儿失望地喃喃自语。但在我仍旧茫然地看着那些光时,忽然脑海中显现出一个意念。"这灯光的命运简直和我的人生一模一样啊。我曾经以为自己人生的光亮，只有周围寥寥的几许。但实际却和这小木屋中的灯光一样，可以照亮的范围远超出我的想象。但这些人生的光亮并不会随我的意志而行，只是像这些小光点一般四处发散着光晕，将我的生命延续下去……"

这个出人意料的想法，使我在那个雪光映照的寒冷阳台上站了很久。

十二月三十日

这是个真正安静的夜晚。今夜，我还是独自一人，任由自己的思绪随意飞驰。

"我既没有超乎常人的幸福，也并非不幸。与幸福沾边的各种话题，曾经令我们如此焦躁不安。而现在，如果想要忘记，却随时都能爽快地忘记了。我反倒觉得，现在的我更接近幸福的状态。啊，如果一定要说的话，最近我的心离幸福很近，却又比幸福多了些许悲伤——但这也并不意味着自己不快乐……我之所以能像现在这样不染俗尘般地活着，或许只是因为自己现在过着不与世人接触、独行侠般的生活。如此软弱的我能做到这些，都是因为你啊。即使如此，节子，我之前一次也没有想到，像现在这样孤独的生活，全都是为了你。我只觉得自己这么做，全是自己随心所欲的结果。或许，我这么做其实就是为了你，但是，我是否已经将你对我那受之不起的爱视为平常，以致让我觉得是为了自己才这样做的呢？而在你给予我爱的时候，真的是对我一无所求吗？"

我不停地思考着这件事。忽然，我好像又想起了什么，起身向小屋外面走去，像往常一样站在阳台上。山谷的阴面似乎有狂风吹过，大风在空中不停地咆哮，这声音仿佛来自遥远的天边。我一直站在阳台上，侧耳倾听来自远处的风声。这个横亘在眼前的山谷中的一切，初看起来不过是被雪光映照、发着微微光亮的一个大块。但看着看着，或许是因为我的眼睛对光线已经习惯，或许是因为我在不知不觉中用自己的记忆填补了视线中的空缺，不知从何时开始，所有的物体，一个接一个地慢慢有了线条和轮廓。我顿时感到亲切起来，这就是人们所称的幸福谷——对啊，在这里住惯了，我也可以像他们一样，将这里称作幸福谷了……当山谷对面狂风呼啸时，只有这里才如此安静。啊，我的小木屋后面传来的轻微响声，是孱弱的风轻轻地吹动树枝，使它们相互碰撞的声音吧。风势如此微弱，恐怕是从远处艰难地吹到这里，力量已经衰退至深的尾风吧。另外最后还剩下一些像微风一样的力量，将我脚边三三两两的落叶吹起，发出细微的沙沙声，然后又将它们吹到别的落叶之上……

一

"没错,肯定是菜穗子。"都筑明不自觉地停下脚步,转头回望。

当两个人迎面走近时,他就觉得对面的人像是菜穗子,可又不敢确定。直到两个人擦肩而过的一瞬间,他忽然认定,肯定是菜惠子。

都筑明站在熙熙攘攘的大街上,目送着那位妇女的背影渐渐远去。她穿着白色外套,走在她旁边的好像是她丈夫的男人。过了一会儿,这位妇女也仿佛忽然发现了什么似的,赶忙回头看去。她身旁的男人也受了她的影响,扭头往回看。就在这时,站在原地发呆的都筑明被一个过路的行人撞了一下,两个人的肩膀结结实实地撞在了一起,这让身材高挑的他不由得打了个趔趄。

当都筑明再次站稳时,刚才那对夫妇模样的人已经消失在人群之中,不见踪影。

不知道什么原因，多年不见的菜穗子看上去显得特别憔悴。身着白色呢子外套的她，似乎并不太在意自己身边的这位个子稍矮的丈夫。她像是在考虑着什么似的，目视前方，脚步飞快。其间，她丈夫好像对她说了些什么，而她只是有些冷淡地笑了笑。都筑明从对面走来的人群中，一眼就发现了他俩，并立刻感到那个女人就是菜穗子。这个发现使他内心瞬间悸动不已。他一面目不转睛地注视着那位身着白色呢子外套的妇女，一面继续前行。而那位妇女在看到他的瞬间也露出了惊讶的表情。可不知为何，她投向都筑明的目光之中满是空虚，仿佛什么事都没有发生一样。反而都筑明觉得受不了这直勾勾的眼神，不由自主地把视线移开了。在都筑明目光游离的时候，这位妇女始终没有认出眼前的他，最后只是和自己的丈夫双双从他身边走了过去……

这时的都筑明，忽然变得步履沉重，气力全无。他的头脑开始迷糊起来，不知道为什么只有自己，必须要朝向他们相反的方向走去。仿佛自己行走在这稠密的人群中，一下子变得毫无意义。都筑明每天下班后，都不会从工作的地方直接回到荻洼的寓所。他会在银座嘈杂的人群中无所事事地消磨掉几个小时。迄今为止，这种无聊的闲逛或多或少还算有个目的。但现在对他来说，就算是这个目的也变得难以企及了。

在这三月中旬的日暮时分，都筑明闲逛的街头，给人一种夜风袭人、萧瑟凄凄的感觉。

"不知为何，菜穗子看上去不太幸福啊。"都筑明边思忖着，边向乐町车站走去，"不过，我这么胡乱猜测有点儿过分啊，就好像幸灾乐祸一样……"

· 二 ·

都筑明去年春天毕业于一所私立大学的建筑系。随后，他就一直在这家建筑事务所工作。事务所位于银座的一幢五层大厦内，都筑明每天都会从荻洼的寓所到这里上班。他工作主动认真，主要负责医院或大礼堂之类建筑的设计。在参加工作的这一年时间里，尽管他有时也会全身心地投入工作，但在内心深处，却从未对这份工作感到过快乐。

"你在这种地方究竟是为了什么啊？"这个声音不时在他耳边回荡。

前几天，他竟然在街上偶遇了菜穗子，那可是他曾经发誓要忘掉的女人。这件事使都筑明的心底掀起阵阵暗涌，但他却对此守口如瓶，和谁也没有说过。现在，他已经被这种情感牢牢控制了。银座街头的喧杂氛围，黄昏时分的气息，以及那个与她并肩而行的丈夫模样的男人——这一切都还历历在目。那位身着白色呢子外套、走起路来眼神空虚的妇女——特别是她那抬头仰望天空时茫然的眼神，所有这些仍然清晰地留在自己的记忆中。只要回想起这些，他就会有一种不得不把视线移开的痛感。某天，他忽然想起菜穗子曾经的一个习惯：如果她遇到什么不合心意的事情，不管当着谁的面，都会生出那种空无的眼神。

"对啊。那天我会产生这个人过得不幸福的想法，可能就是那个时候她的眼神给我的感觉。"

都筑明这样想着，停下正在绘图的手，怔怔地望向事务所的窗口。窗外是城市的屋顶和远方微微阴霾的天空。在不知不觉中，自己快乐的少年时代在记忆里复苏了。都筑明再也无法进入工作状态，只能无奈地任由思绪飘零……

都筑明七岁便失去双亲,随后被独自生活的姑妈带回信州O村的别墅中抚养。在他多彩的少年时代中,最值得怀念的就是O村,在O村度过的几个暑假,以及O村的邻居——三村家的一家人。这其中,三村家跟他同龄的菜穗子则是这多彩生活的中心。都筑明和菜穗子常常一起去打网球,或者骑着自行车去远处游玩。这段青春时光,正是少年本能地充满欲望幻想,而少女则相反地变得清醒冷静的时期。他们以O村为舞台,正认真地上演着一幕幕你躲我藏的捉迷藏游戏。而每次都只有这个少年一人被甩在舞台上,少女则溜之大吉……

在一个夏日,知名作家森于兔彦突然出现在他们面前。他下榻在邻村的M旅店,目的是到这个以高原避暑地闻名的地方进行疗养。三村夫人与这位昔日的旧识在M酒店偶遇,两个人相谈甚欢。两三天后,这位知名作家竟冒着夏日傍晚的骤雨,再次到O村拜访,并在雨后与菜穗子和都筑明一起到附近一个养蚕的村子散步,最后怀着愉快而又意犹未尽的心情,与他们在村头分了手。这次邂逅,似乎一下子让这位对生活已经感到厌倦的孤独作家重返青春,整个人看起来都洋溢着一种异样的兴奋。

第二年的夏天,这位再次以疗养为目的住进邻村旅店中的孤独作家,又一次出乎意料地拜访了O村。从这时候开始,三村夫人的周围就蕴含着一种悲伤的气氛。这种气氛引起了都筑明的好奇心,使他深深地关注着三村夫人,而丝毫没有注意到遭受同样影响的菜穗子——不久前,菜穗子还是个无忧无虑的少女,可现在她忽然模样大变、迥异于前。当都筑明终于注意到菜穗子的变化时,她早已远远地离开了他,独自远去了。这个好胜心极强的少女,独自忍受着无法对人明说的痛苦,最终被这痛苦折磨得面目全非。

从此以后,都筑明幸福多彩的少年时代,便迅速进入了阴霾时期……

一天,所长推开事务所的大门走了进来。

"都筑明君。"

所长说着走到了他身边。当他发现都筑明忧郁的表情时不禁有些惊讶。

"你的脸色有些苍白啊,哪儿不舒服吗?"

"没什么。"都筑明腼腆地答道。在他看来,所长的眼神就好像在责问自己:你以前不是工作挺专心的嘛,为什么现在一点儿热情都没有了?

"不要太勉强,把身体搞垮了就不好了。"所长的回应出人意料。

"一个月也好,两个月也好,我给你放个假,你去乡下转转怎么样?"

"其实我更想……"都筑明有点儿难为情,脸上忽然露出了令人倍感亲切的微笑——这是他独有的笑容,"不过,能去乡下转转当然不错啊。"

所长似乎也被感染了,露出了笑容。

"那你把手头的工作做完,就可以出发了。"

"嗯,我大体上就是这么想的。其实,我总觉得休假这种事轮不到自己了……"

都筑明一边应付着所长,一边回想自己刚才下定决心要向所长提出辞职,但只是开了个头就打住的事儿。他感觉自己也拿不定主意,一旦辞去现在的工作,自己是否有能力开始全新的生活。想到这儿,他马上就决定听从所长的建议，先去什么地方疗养一段时间。也许这样做会让自己的想法有所改变。

所长刚一离开，都筑明的表情又回到了最初忧郁的样子。他注视着心地善良的所长离去的背影，眼神里充满了感激。

· 三 ·

三村菜穗子是在三年前结的婚，那年她二十五岁。

结婚的对象名叫黑川圭介，比她年长十岁。圭介是个平庸的男人，毕业于高等商业学校，目前在一家商务公司工作。他长期独身，与已经守寡十年的母亲一起生活。他的父亲生前是个银行家，去世后留下了一幢位于大森山坡的老式宅邸，母子二人就在那里过着简朴的生活。宅邸周围的几棵山毛榉枝叶繁茂，每次看到都会令圭介想起喜爱种树的父亲。而这几棵巨树又像是在保护着这对母子，保护他们可以在世间安享宁静的生活。圭介每天下班回家时，都会抱着皮包爬上斜坡。在看到自家的山毛榉时，他总会产生如释重负的感觉,然后不知不觉加快脚步,奔向家门。在晚饭后,他就把报纸摊在膝盖上,隔着长方形的火盆,与母亲和新婚妻子聊聊家常,一聊就是几个小时。由于刚结婚的缘故,菜惠子对这种平静而单调的生活似乎并没有什么不满意的感觉。

熟悉菜穗子的朋友们都非常不理解,为什么她会选择与如此平庸的男人结婚。没有人知道,她这么做是为了逃脱当时自己那被不安所劫持的生活。结婚快满一年时,菜穗子还依然相信自己结婚的决定是正确的。丈夫的家庭虽说平静得有些冷淡,但对她来说则正是个合适的避难所。至少那个时候她确实是这么想的。但在第二年的秋天,菜穗子的母亲三村夫人因为自己女儿的婚事而受到打击,引发心绞痛去世了。自此之后,菜穗子感到自己迄今的婚姻生活一下子失去了安慰感。她觉得自己仍可以继续忍受这种冷淡的生活。只不过对她来说,继续欺骗自己忍受这种生活的理由已经消失殆尽了。

尽管如此,在母亲刚刚过世时,菜穗子还是一如既往保持着忍耐的样子,就像什么都没发生似的生活着。丈夫圭介也依然如故,每日晚饭过后像往常一样留在饭厅里。

这段时间,他只与母亲聊聊家常,仍旧是一聊就是几个小时。他对常常保持沉默的菜穗子似乎并不关心。圭介的母亲毕竟也是女人,她慢慢注意到了菜穗子最近种种不安的样子。自己的儿媳对现在的生活似乎有着某种不满(她并不知道个中究竟),如果任由这种不满发展下去,很有可能会导致家中的气氛变得苦闷不堪。这令她颇为担忧。

最近一段时间,每当菜穗子咳嗽不停、夜不成眠的时候,睡在隔壁的圭介母亲就会立刻醒来。而一旦清醒,她就无法再次入睡了。但如果是被圭介或者其他什么发出的声音吵醒的话,则必定能立刻再次入睡。菜穗子对这种情况非常清楚,并且在心中时时掀起波澜。

每当这时,菜穗子就会像那些寄人篱下、己欲不行的人一样,心中生出揪心的痛楚。这种感觉让婚前就潜伏在菜穗子体内的病魔渐渐抬头,使她明显地消瘦下来。与此同时,她内心深处还涌出一股乡愁般的情感。这种在结婚前就已经消失殆尽的感情,现在反而越发强烈了。但是,她似乎已经下定决心,要将这种感情压抑到自己也不会觉察的程度。

三月里的一天傍晚,菜穗子与丈夫一起去银座办事。

在嘈杂的人群中，她无意中发现了一个貌似幼年玩伴都筑明的人，这个高挑的男人虽然面色阴沉，但还是那副令人感到亲切的熟悉样子。好像是对方先注意到了自己。但等到终于确定对方就是都筑明的时候，两个人已经擦肩而过，渐行渐远了。尽管自己曾转身向他回望，可惜都筑明高挑的身影已经淹没在人潮之中了。

对菜穗子来说，这似乎是一次无关紧要的邂逅。但自从这次邂逅之后，每当她再次和丈夫一同外出，就会产生某种奇妙的不快。更让她惊讶的是，自己慢慢发觉这种不快正是来自自我欺骗的意识。其实在先前一段时间，菜穗子就常常茫然地感到与这种不快相似的负面情绪。只是在遇到踽踽独行的都筑明后，不知为什么，这种感觉忽然变得清晰而强烈起来。

· 四 ·

在所长建议自己去乡下疗养的时候，都筑明脑子里立即浮现的就是信州 O 村，他少年时曾在那儿度过好几个暑假。不知道现在O村还冷不冷，山上应该还有残雪吧。不过早春万物更始的时光即在眼前。对他来说，没有什么能比迄今尚未领略过的早春山国景象更有诱感的了。

古老的O村原本是一个驿站，村里有一个名叫"牡丹屋"的大旅店，是专供学生夏季旅行时住宿的。都筑明记起这家旅店，便写信前去询问，对方回信说"什么时候来都方便"。就这样，都筑明在四月初正式向公司请了假，决定去信州旅行。

都筑明所乘坐的是信越线列车。列车在驶过桑田遍野的上州后，到达了信州。一进入信州，骤然呈现在眼前的就是典型的山国风貌——仍旧枯萎的草木尚未伸出嫩芽，山阴等处还残留着未开化的积雪。在接近傍晚时，都筑明在紧邻浅间山的一个小峡谷的车站下了车。浅间山的积雪已经消融，光秃秃的山貌给人以异样的感觉。

从车站到O村，路两旁的景色没有任何变化，这让都筑明心中升起难以名状的孤独感。产生这种孤独感的原因，不仅仅是因为"景色月明依旧，独我今夕不同"的心情作祟，还因为这景色本身，昔日就给人以寂寥的感觉——以车站为起点的坡道，不时映衬着夕阳残照的路旁积雪，森林边那幢仿佛已被废弃的小屋,没有尽头的森林,表明森林已经路程过半的岔道(岔道的一头通往村庄,另一头通往都筑明少年时代暑假时度过的森林别墅),以及坐落在火山脚下缓坡上那个微微倾斜的小村庄——这个一出森林就能映入眼帘的小村庄,令人印象深刻。

在O村那安静而略感茫然的生活开始了。

山国的春天总是来得略晚,林中的树木几乎仍是光秃秃的。但是树梢间时而雀跃时而穿梭的小鸟,却给人一种春天独有的欢快感觉。傍晚时分,附近的树林中还常常有山鸡啼鸣。

无论是都筑明少年时代的事情,还是他几年前去世的姑母的事情,牡丹屋的人都记得清清楚楚的,他们的招待也亲切周全。年过七旬的老板母亲,患有足疾的老板,从东京嫁过来的年轻老板娘,还有离异后回到娘家的老板姐姐阿叶女士——都筑明在少年时代就隐约听说过这些人的事情。特别是老板的姐姐阿叶女士,听说她年轻时长得特别漂亮,经人一番追求后,嫁到了邻村的M旅馆。即便在邻村那样的避暑胜地,M旅馆也算是数一数二的了。

可由于性格的关系,她在那里始终住不惯,只过了一年就自己跑回来了。不知为何,都筑明以前就对这位阿叶女士抱有极大的关心。而关于阿叶女士那个七八年前得了脊髓炎后就一直卧床不起,今年已经19岁的女儿初枝的事情,都筑明却是在此次到访时才知道的……

作为经历过上述种种故事的昔日美人,阿叶女士现在的样子,作为女人来说就显得有点儿邋遢了。不过,已经年近四十还在厨房等处打扫劳作的她,身姿中却还残留着些许年轻姑娘的影子。如此偏僻的乡村有着这样一位不落庸尘的女子,真让都筑明感慨无限。

透过树林的枝条可以望见火山,而火山又与树林相互关照,生气日浓。

都筑明来到这里已经一周了,他好像把整个村子都已转遍。森林中曾经住过的老式宅邸也不知去过多少次了。姑母的那栋小别墅十有八九已经易手,旁边那幢种着高大榆树的别墅是三村家的。两幢别墅的门窗都被钉得死死的,好像多年未有人迹的样子。以前,大家常常在午后聚集在那棵榆树下。而今天的榆树下,那张被无数落叶所掩埋的昔日长椅已经呈现出半倾斜的样子，似乎马上就要散架了。都筑明还清晰地记得，自己在那棵榆树的树荫之下所度过的最后一个夏日。那个夏末，早先就传出消息说要再次下榻邻村旅馆的森于兔彦，忽然来到O村拜访。仅仅几天后，菜穗子就在悄无声息中匆匆去了东京。第二天，都筑明才在这棵榆树下听三村夫人说起此事。他总感觉都是自己做得不好，才会使菜穗子如此不辞而别。于是，都筑明渐渐露出焦躁不安的表情，毅然决然地问道："菜穗子离开时，有什么话留给我吗？""什么话也没留……"三村夫人若有所思，幽幽地看着都筑明，"这姑娘就是那个脾气……"少年仿佛是在忍耐着什么似的用力点了点头，然后径自离开了——这就是都筑明最后一次到这幢榆树别墅时所发生的事情。第二年姑母去世后，他就再也没有来过这里了……

很多次，都筑明都会坐在那个半倾斜的长椅上，一面回忆着自己在O村的最后一个夏日所经历的种种，一面思考着那个看来永远不会回头的少女。而当都筑明今天再次想起这些时，他忽然站了起来，并下定决心不会再到这里来了。

不久，天上下起带着春日气息的阵雨，这种阵雨每天必定要下一到两次。某天，都筑明在离村很远的树林中，遭遇到了一场伴着电闪雷鸣的倾盆大雨。

都筑明从头到脚都被淋得湿透，这时他发现了树林空地里的一座小茅屋，赶忙奔了过去。起初他以为这是一间仓库，可进去后才知道屋内昏暗无光、空无一物。屋子的纵深比看上去还要大。都筑明顺着梯子摸索着下了五六级阶梯，下面的空气寒冷异常，让他不禁打了几个寒战。但更令他惊讶的是，这间小茅屋的深处，似乎还有一个先于他来避雨的人。终于等到眼睛适应了这里的光线后，他看到一个姑娘的身影。由于自己的突然闯入，那姑娘正在不断地往角落里退缩。

"这雨真大啊！"都筑明一看是个姑娘，便自言自语地说，然后背向姑娘，抬头朝小屋的外面望去。

屋外的雨越来越大了。雨水冲刷着小屋前面的火山的灰质地面，形成一个泥流。这泥流又将落叶或断枝之类的物体一起冲走。

茅草屋顶已经损坏了一半，许多地方开始漏雨。都筑明刚才站立的地方已经没法再待了,他一步步向后退去。与姑娘的距离也慢慢接近了。

"这雨真大啊!"都筑明用更高的音调朝着姑娘重复着同样的话。

……姑娘默默地点了点头。

都筑明此刻才第一次在近处看清这个姑娘,他发现这个姑娘是同村棉花店的女孩,名叫早苗。而姑娘好像早就认出是都筑明了。

都筑明觉得知道了对方的身份后,孤男寡女在这阴暗的小屋中静默独处总让人感到拘束,于是再次以稍高的音调问道:

"不过这个小屋到底是做什么用的?"

不知道为什么,姑娘显得非常不安,根本没想着回答。

"好像不是普通的仓库啊……"现在都筑明已经完全适应了小屋的环境,不禁又将屋内的情况打量了一遍。

这次,姑娘终于轻声说道:"这是储冰室。"

雨水从茅草屋顶的缝隙中滴下,打在地上发出"滴答、滴答"的声音。不过这场电闪雷鸣的暴风骤雨终于停了下来。

都筑明忽然轻松地说道："这就是所谓的储冰室啊……"

从前这里铺设铁路时，村里的一些人每到冬天就会采集一些自然冰，然后存储到夏天再运往各地。但当东京出现了大型制冰公司后，这里储冰的人就慢慢地减少了，很多储冰室就这样被废弃了。这种储冰室，也许在森林中还有几处残留吧——这个事儿都筑明以前常常听村里人说起，但今天算是初次目睹了。

"这屋子给人的感觉好像马上就要塌了……"都筑明说着，再次慢悠悠地环顾了一下屋内的景象。在刚刚还滴着水的茅草屋顶的缝隙中，忽然照射进来几道细细长长的日光。姑娘下意识地抬头仰望，日光映照着她白皙的脸庞，映衬出一张丝毫不像个农村姑娘的脸。都筑明偷偷地看着，顿时感觉她美极了。

都筑明领着姑娘，两个人双双走出小屋。姑娘的手上提着一个篮子，是刚才在树林对面的小河边采摘芹菜用的。两个人走出树林，然后便一言不发地交替前行，穿过处处桑田回到村中。

那天之后，那片有着储冰室的树林，便成了都筑明的欢心之地。每天午后，他都要进入树林，并在这摇摇欲坠的储冰室前方的草地上躺下，透过对面的树林，长时间地遥望着近在眼前的火山。

接近傍晚的时候，采芹归来的那位棉花屋的早苗姑娘就会顺道路过。两个人往往会站着聊上几句，这已经成了他们的习惯。

· 五 ·

不久，每个午后，都筑明都会和早苗在储冰室前一起度过几个小时。

在一个刮风的日子，都筑明发现姑娘有些耳背。在草木终于发出新芽的树林中，每当树木的枝条在阵阵微风的吹拂下左右摇曳、沙沙作响时，树梢上开始发芽的部分便会闪出银色的光芒。这个时候，姑娘会像听到了什么似的，露出端庄的表情——这美丽的画面让都筑明不禁看呆了。他甚至觉得就算两个人一言不发，只是这样相互靠近，就已经相当满足了。比起两个人畅所欲言,现在这样的状态倒好像交流得更为深入。世间最美好的约会,就是不附带任何其他欲求的。而对方也应该对此有所感悟才好……

早苗这边呢,虽然不能说十分明了他的心思,但由于每当自己说出貌似多余的话,都筑明就会有些嫌弃似的扭过头,因此自己在大多数场合都几乎一言不发。她开始并不知道都筑明为何如此,只是觉得牡丹屋的人虽说和自己是亲戚,但关系一向不好,是不是自己无意中说出的有关阿叶女士的话令他心中不快?但即便是早苗说些无关紧要的话,都筑明的态度依旧如故。只有在早苗谈论自己少女时代的故事时,都筑明才会显出特别的兴趣。尤其当早苗谈到自己从小的玩伴——阿叶女士的女儿初枝的时候,都筑明都会让早苗反复讲讲其中的细节。在初枝十二岁那年的冬天,一次去村里小学的路上,她不知被谁从后面推了一把,摔在了厚厚的冰层上,就这样得了至今仍未能治愈的脊髓炎。当时有很多村里的孩子在场,但没有人知道这个恶作剧到底是谁干的……

都筑明听着初枝幼年的悲惨遭遇,眼前忽然浮现出那位争强好胜的阿叶女士一个人独处时暗自神伤的模样。

现在,阿叶女士似乎对自己的人生已经不抱有任何希望,仿佛一切为了女儿。都筑明无意中又想起另外一件事:几年前,还是个少年的自己来这里过暑假时,曾经听到过的一些关于阿叶女士的流言蜚语。说什么那年春天在她家学习的某位法科学生,到了冬天还不愿意回去之类的事情……甚至连别墅里的人都在谈论这件事。但对于都筑明来说,有着这样暧昧感情的阿叶女士,反倒使她在自己心中所描绘的形象更加丰满了。

都筑明陷入深深的思考,眼神空洞无力。在他身边的早苗在这空当儿拉着身边的细草,抚玩着自己的脚踝。

两个人通常会像这样度过了两三个小时后,才在傍晚分别,回到村里。都筑明在归途中路过桑田。在那儿,他常常会遇到一个骑着自行车巡逻的警察。这位年轻的警察负责周边村落的巡逻。他待人热情,人缘极好,每次与都筑明相遇时,都会点头致意。直到后来,都筑明才听说这位教养好、待人热情的年轻巡警正在热切地追求自己刚刚与之分手的早苗姑娘。从那以后,都筑明就对这位年轻巡警抱有一层特殊的好感。

· 六 ·

一日清晨,菜穗子正要起床时,突然剧烈地咳嗽起来。她感觉自己咳出的痰液有些不对劲儿,结果一看是鲜红色的。

菜穗子并没有感到惊慌,她把痰液处理掉,像没事儿人一样地起了床,对谁也没说。整个白天,菜穗子都显得安稳如常。但到了晚上,当她看到下班回来的丈夫像往常一样优哉游哉时,忽然想让他有所着急,于是就在两个人独处时,把晨间咯血的事情告诉了他。

"什么,如果只是咯血的话应该不是什么大事儿。"圭介嘴上这么说着,脸色忽然变得难看,让人心疼。

菜穗子故意没有作声,只是盯着自己的丈夫。这样,她丈夫刚才所说的话就等于白说了。

圭介扭过头,避开菜穗子逼迫般的视线,再没有说出类似的安慰话。

第二天，圭介跟母亲提了一下菜穗子身体染恙的事，两个人商量着是不是让她换个环境休养一下。他并没有把妻子咯血的事情告诉母亲，只补充说菜穗子自己也同意变换一下环境。一听说一天到晚都哀愁忧郁的儿媳妇能暂时离开，而自己又能与儿子单独相处了，这位古板老气的母亲，居然当着儿子的面露出喜色。不过，由于担心别人说闲话，她怎么也不同意让儿媳一个人出门疗养。最终，在菜穗子诊疗医生的劝说下，母亲终于点了头。根据医生的建议和患者本人的愿望，疗养地被选在了位于信州八岳山麓的某个高原疗养院。

在一个微阴的早晨，菜穗子在丈夫和婆婆的陪同下，乘坐中央线火车，向疗养院进发。

午后，他们就抵达了位于山麓的这家疗养院。圭介和母亲一路看护着菜穗子，直到她作为病人被安置在二楼的一间病房后，两个人才在日暮时分匆匆回程。婆婆在疗养院时总是弯着腰，好像害怕什么似的。而丈夫则胆小怕事，在自己母亲面前口齿木讷。菜穗子在送别二人时，实在不觉得这位婆婆是特地与自己的丈夫护送自己的。与其说婆婆是对自己的病情担心忧虑，倒不如说是害怕自己的儿子和患病的儿媳独处，会让儿子的心久久地拴在儿媳身上。而另一方面，菜穗子觉得，与必须在这种深山中独自疗养的自己相比，此刻这个被逼出强烈猜疑心的自己，在精神层面似乎更加寂寞。

最初几天，菜穗子一个人吃过晚饭后，常常从窗口眺望远方的山峦和森林。在这样静静地告别了一天的生活时，她觉得"这里真是个再好不过的避难所了"。走上阳台，可以听到临近几个村子传来的声音，但这声音好像是从很远的地方传来的。外面的风偶尔会把树木的芬芳带到她的身旁，可以说是这里公认的、唯一的生之气息。

菜穗子为了能有机会回视一下自己如此不入正轨的生活，曾经多么希望可以这样独处啊。直到昨天，她还在寻找一个地方，一个能让自己的心，被那不知何来的异常绝望随意翻弄，直到令自己满意的地方——今天，这一切都将如愿以偿。她现在已经无所顾忌，既不必恭维倾听，也不必强颜欢笑。她再也不必在意自己的表情和眼神了。

在如此孤独的环境中，她居然得到了令人惊异不已的新生！现在的这种孤独，正是她梦寐以求的啊！以前，每当一家团聚、丈夫婆婆陪在身旁时，自己的心都仿佛被一种不可名状的孤独感所执。而现在，在这深山中的疗养院里，这样每日必须独自休养的自己，第一次体会到了那种生之愉悦的感觉。生之愉悦？这是由于对疾病的倦乏，以及由此产生的，对世间一切琐事都漠不关心的心态吗？又或者是体内的疾病为了对抗被压抑的生的欲望，而自发产生的一种幻觉呢？

时间在毫无变化的一天天中缓缓逝去。

在这种孤独但并不无聊的日子中，菜穗子确实在精神和肉体上都开始奇迹般地复苏了。但另一方面，菜穗子感觉到，现在终于开始复苏的自己，与曾经对此催生出浓烈乡愁的昔日的自己，已经有了某种差异。而身体越是复苏，她对这种差异的感觉就越强烈。菜穗子不再是昔日的妙龄少女，而且也已经不再是独身一人了。她已经嫁人为妻——虽说这种婚姻并非她的本意。那种令人压抑的日常举止，即便是在如此孤独的生活之中，也已让她的所作所为意义全无。但即便如此，这一切还是依然固执地浮现在她的脑海中。她依旧和以前一样，就像和某人待在一起似的，时不时会无缘由地紧锁眉头,又时不时会无缘由地虚伪微笑。然后她的目光就会不自觉地望向远方的天空,仿佛是在探求某种令人不快的东西。

每当她意识到自己的这种奇怪神态时,总会莫名其妙地说道:"再忍耐一下……只一下下……"而这些言语只有她自己听得到。

·七·

进入五月,圭介的母亲寄来一封封冗长的慰问信,而圭介自己几乎没有写过一封。菜穗子觉得这正像圭介的作风。不过这样一来,菜穗子就可以自己决定是否给他写信了。在必须给婆婆回信的时候,菜穗子即使起床时心情良好,也要特意卧在床上,一面仰视天空,一面用铅笔费力地书写。这样可以伪装一下自己写信时的心情。如果收信人不是婆婆,而是直率的丈夫,估计她也会始终避而不谈自己从此刻的孤独感中获得重生的喜悦——哪怕只是为了让他着急呢……

"可怜的菜穗子。"菜穗子一个人孤零零的,就算是在自己心情舒畅的时候,她还是会喃喃地说出这句仿佛自我怜悯的话,"你把自己周围的人全部赶走,如此保护自己对你来说真的那么好吗?就这样盲目地相信'这才是真正的我',并对这个'真正的我'加以严格地保护。可如果在日后回望的话,会不会在不经意间这个'真正的我'已经变得虚有其表了呢……"

每当这种时候,为了让自己从这种"非其本意"的思索中摆脱出来,菜穗子将目光投向窗外就可以了。

在窗外,风儿持续不停地将草木的芬芳吹送过来,反复拨弄着树叶不同颜色的阴阳两面,任其沙沙作响。"群木落落兮……而叶卉馥郁……"

一日,菜穗子在去诊疗途中经过底楼的走廊。在二十七号病房的门外,她看到一位身着白色毛衣的青年双手覆面,正在止不住地伤心抽泣。这是一位性格沉稳的青年,他是陪伴身患重症的未婚妻来这里治病的。从几天前开始,未婚妻的病情突然恶化,这位青年反复奔走于病房和诊室之间,走廊里常常看到这个白色毛衣的身影跑来跑去，眼睛里带着许久未眠所生出的血丝……

"还是没希望了，真可怜啊……"菜穗子这样想着，加快脚步从青年身边走过，不忍心再看到他那可怜的样子。

在路过护士室时，她忽然感到有些担心，于是便进去询问。事实是那位青年未婚妻的病情现在忽然奇迹般地好转了，人也精神了许多。而一直日夜默默陪伴姑娘身旁、平日情绪极少波动的青年在得知这一消息后，立即离开姑娘，飞奔至门外。在门外的阴暗处，他忽然喜极而泣，声音大得连病人都听得见……

在看完病回来的时候，菜穗子又在那间病房门口看到了那位穿着白色毛衣的青年，他依旧双手掩面，只是不再哭出声音。菜穗子这次以一种不自知的、贪婪般的眼神，仔细地盯着这个青年微微颤抖的双肩，迈着大步缓慢地从他身旁走过。

从那天开始，菜穗子的心情就莫名其妙地变得苦闷了。只要有机会，她就会拉住护士仔细询问那个姑娘的病情，并从心底里表示同情。可就在五六天后，那位姑娘忽然在半夜咯血而死，青年不知何时也从疗养院消失了。菜穗子知道这一切后，不由得产生出一种从苦闷中解脱出来的感觉。她自己也不了解为何会产生这种感觉,而且也根本不想了解。就这样,近几日一直无情地蹂躏着她的苦闷,看起来就这样被忘记了。

· 八 ·

都筑明还与往常一样,在储冰室旁与早苗继续着内容相同的约会。

但是,都筑明越发感觉尴尬了。他不仅很少让早苗说话,现在就连自己也几乎很少开口了。就这样,两个人肩并肩地站着,一起仰望空中飘拂而过的小小云朵,以及杂木林中新生枝叶的油绿之光。

都筑明不时地望向早苗,目不转睛地注视着她。如果姑娘无意中生出嫣然一笑,他就会面呈怒色,扭过头去。他甚至连姑娘的笑容都无法忍受了。只有姑娘纯真无邪的样子才能让都筑明感到满意。而早苗也对此渐渐有所察觉,到后来即使她发觉都筑明在看着自己,也会装出一副毫无觉察的样子。都筑明还有个习惯,就是当他望向早苗时,目光会透过姑娘投向更远的地方。而早苗甚至都能在自己肩头感受到这种目光……

但是,都筑明的目光从未像今日投射得如此之远,远到甚至连早苗都觉得这是自己的错觉。早苗认为必须在今年秋天前把自己嫁出去,她想在今天把这个愿望婉转地告诉都筑明。她这么做并不是说自己毫不在意,而只是希望能向都筑明倾诉,然后痛快地大哭一场,就此对自己的少女时代做一次郑重的告别。之所以这样做,是由于她在与都筑明相处的这段时间里,确定地相信自己已经是个真正的姑娘了。只要对方是都筑明,无论他提出多么过分的要求,早苗不仅不会生气,而且提出的要求越难做到,她越会觉得自己更像个真正的姑娘了。

在远方森林中的某处,从方才起就传来树木被伐倒的声音。

"那儿好像在伐树。这声音听起来还真有点儿可怕啊。"都筑明忽然自言自语地说道。

"那边的森林原本都归牡丹屋所有。但两三年前,就都被卖掉了……"早苗一边不经意地回应着,一边担心自己刚才的说话方式,会不会招致都筑明的不满。

都筑明则一声不吭,一直凝望天空的目光中闪出一丝痛苦的神情。他在想:这个村子里历史最悠久的牡丹屋,为什么非要这样一点点地把地皮卖掉?这个可怜的旧式家庭——患有足疾的老板、老态龙钟的老板母亲、阿叶女士以及她那病魔缠身的女儿……

那天,早苗最终也没有说出自己想说的话。日暮时分,把都筑明一个人留在那里,早苗则有些遗憾地自己先回去了。

在像往常一样冷淡地让早苗回去后不久,都筑明忽然感觉今天早苗离去时,似乎有些依依不舍的样子。想到这些,都筑明急忙起身,走到一棵能看见她回村的红松下,远远地望着她离去的背影。

在那条映着夕阳的乡间小道上,早苗身边出现了推着自行车的年轻巡警,两个人时远时近地并肩走着,在都筑明的视线中越来越小。

"你希望就这样回到本应属于自己的地方去……"都筑明暗自思索着,"我以前也有与你相同的想法。我感觉自己仅仅是为了失去你,所以才去追求你。现在,你的离去将使我痛苦不堪。但这种痛苦正是我所需要的……"

这种突然产生的想法，似乎让都筑明心情愉悦。他脸上显出毅然决然的表情，手就这样搭在红松上，目送着正在沐浴夕阳的早苗和巡警逐渐远去，直到两个人从自己的视线中完全消失。他们一路上始终隔着那辆自行车，时远时近地走着。

· 九 ·

进入六月后，菜穗子被允许每天有二十分钟的外出活动时间。每当自己神清气爽时，她常常一个人遛到山麓的牧场那边散步。

牧场宽广无垠，延伸极远。地平线周围，间隔不等的树丛投下一条条近乎紫色的暗影。在原野的尽头，十几匹牛和马成群结队地四处走动，啃食杂草。菜穗子沿着牧场围圈的栅栏走着。最初，她让那些不着边际、无所羁绊的思维像牧场上自由飞翔的黄色蝴蝶一样随心荡漾。随后，她便开始思考和平日相同的问题。

"为什么我会陷入现在这样的婚姻生活？"菜穗子思

考着,随便在一块草地上坐了下来。她在思考是不是自己那个时候还有其他可能的生活方式。"为什么那时要一门心思地陷入这段婚姻呢?为什么那时会觉得仿佛它是自己唯一的避难所呢?"菜穗子回忆起婚礼上的情景。她在婚礼现场入口处和丈夫圭介并肩站着,向前来表示祝福的年轻男子们点头致谢。菜穗子觉得自己跟这些前来祝贺的男士也可以结合的。她这样想着,再看看站在自己身边比自己矮的丈夫,反倒产生了一种无所谓的感觉。"哎呀,我那天产生的安心感如今到哪里去了?"

一天,菜穗子从围栏钻进牧场,在草地上走了相当长的一段距离。她看到在牧场的正中间,孤单地耸立着一棵大树。不知什么原因,这棵大树挺立的姿态给人以一种悲伤的感觉,这感觉牢牢地吸引着菜穗子。那些牛和马的群落一直在牧场的尽头处吃草,她一边注意着那边的动静,一边下定决心走近这棵大树,而且越走越近。菜穗子不知道这棵树的名字,只看到树的主干向上分成两条权子:其中一条长得繁密茂盛,另一条则已经完全枯死,给人干瘪瘦弱的苦闷之感。菜穗子将这棵树中形状优美、闪着光芒而随风摇曳的一边,和有着枯萎不堪枝头的另一边相比较,不禁感慨:"跟我的人生一模一样啊!我的人生也有一半已经枯死了……"

她这样想着,有些独自感动起来。往回走的时候,对牧场上的牛马也都不再害怕了。

接近六月末的时候,天空好像进入了梅雨期,整日云雾重重。菜穗子常常好几天都没法出门散步。就连喜欢孤独的她,也无法忍受这种苦闷的日子。菜穗子日日都在无所事事中盼望着天黑,而当夜幕好不容易降临时,却往往又会传来令人气闷的雨声。

在这样微寒的日子中,圭介的妈妈忽然赶来疗养院看望菜穗子。一听说这个消息,菜穗子就赶忙到门口迎接婆婆。正巧有一位年轻的患者准备出院,病友和护士正在为他送行。菜穗子和婆婆也加入了送行的行列。旁边的一位护士悄悄地在耳边告诉她,那位年轻的农林技师为了完成自己的研究工作,连医生的忠告也不顾,硬要出院下山。"啊!"菜穗子不禁脱口发出惊叹,然后再次看了看这个年轻男子。人群中只有他身着西装,猛一看根本不像病人。但仔细看起来,相比于其他手脚被日光晒得黝黑的病友,他显得异常消瘦,脸色也不好。不过他的眉宇间洋溢着一种蓬勃生气,这是从其他病友身上所未见的。菜穗子觉得自己对这位素不相识的青年产生了某种好感……

"那些人都是患者吗?"在和菜穗子一起进入走廊时,婆婆惊讶地问道,"所有人看上去不是都比普通人更精神吗?"

"只是看上去精神,其实他们的身体很不好。"菜穗子站在了病人这一边,并没有附和婆婆的话。

"如果气压等一旦发生突变,他们中马上就会有人咯血。当这些病友聚在一起时,都在猜测下一个该轮到谁了。只有一件事儿在他们之间是心照不宣的——那就是下一个轮到自己的恐慌感。所以,与其说他们有精神,倒不如说他们在嘈杂喧闹。"

菜穗子发表着带有个人风格的见解,同时对婆婆的来访表现出非常愉快的态度。自己单独长期在这大山里的疗养院休养可能会引起闲话——菜穗子对此有点儿担心。伴随着这种担心,菜穗子不安地把自己左肺还有杂音的情况告诉了婆婆。

菜穗子的病房位于疗养院最里边那幢楼房的二层。

进入病房后,婆婆环视了一下这个飘着甲酚味道的房间,然后赶紧走到阳台,仿佛害怕长时间待在屋里似的。阳台上稍感微凉。

"哎,为什么她到这里,总会弯着腰啊?"菜穗子一边暗自思忖着,一边看着手扶护栏、面朝外侧的婆婆。她看着婆婆,就像看一件令人不快的东西。在这当空儿,婆婆忽然下意识地回头看了一下菜穗子。当她发现菜穗子正看向自己时,脸上立即堆起了笑容。

大概过了一个小时,尽管菜穗子再三挽留,婆婆还是执意要回去。菜穗子再次将她送到大门口。这一路上,婆婆总觉得像是害怕什么似的,故意将腰弯曲。菜穗子看在眼里,前所未有地感觉到婆婆的虚伪做作……

· 十 ·

"为他人受苦受累。"——这句许多人在人生的开始阶段就体验到的道理,黑川圭介终于在人生的半程中领悟到了。

九月初的一天，圭介在丸之内的工作单位接待了一位叫长与的远亲。在商谈了诸多业务上的问题后，两个人的话题转到了私人生活上。

"听说您爱人进了某家结核病疗养院？现在怎么样了？"长与问道。他在向人发问时，总有个爱眨眼的奇怪习惯。

"嗯，不是什么大事。"圭介不痛不痒地回了一句，想把话题岔开。菜穗子因肺病住进医院这件事，由于母亲非常反感，和谁都不曾提起。他很惊讶为什么这家伙会知道。

"我听说她好像已经进入晚期患者的特别病房了。"

"没有的事儿。一定是搞错了。"

"是这样啊……那就太好了……这件事，好像是前几天，我母亲从您母亲那儿听来的。"

圭介的脸色突变："我母亲不可能说这样的话……"

怀着某种挥之不去的异样心情，圭介悻悻地送走了这位远亲。

当晚，圭介与母亲在饭桌前相对无言地吃饭时，他平静如常地开口说道：

"菜穗子住院的事儿，长与已经知道了。"

母亲一脸茫然的样子："哎？他们怎么会知道呢？"

听母亲这么一说，圭介有点儿恼怒般地将脸扭了过去，仿佛突然挂念起此刻不在自己身旁的妻子似的——如果平时三个人吃晚饭，菜穗子常常被置于母子二人的谈话之外。母子二人经常以曾经的熟人、琐碎的日常经济问题等作为话题来消磨时间，而对菜穗子则冷淡无亲。每当这时，菜穗子都会神经紧张地低着头，好像在默默地忍受着什么似的。这一刻，圭介眼前清晰地浮现出菜穗子彼时彼刻的样子。这对他来说可算是头一次……

自己的儿媳得了肺病，正在疗养院治疗——圭介的母亲对这件事非常忌讳，所以对外人只是敷衍说儿媳有些神经衰弱，需要换个地方休养之类的话。此外，她还要自己的儿子记住一点，就是一次都不能去菜穗子养病的地方探望。由于这层缘故，圭介怎么也无法相信，自己的母亲会将儿媳生病的事情故意散播出去。

虽然圭介知道，自己的妻子常常给母亲写信，而母亲也常常回信。但由于他极少向母亲打探妻子的病情，只是满足于母亲草率的回答,完全没有问到过通信内容方面的事情。从那天跟长与的谈话中,圭介感觉母亲似乎总对自己隐瞒着什么,他此刻突然对母亲产生了某种不可名状的急躁情绪,并且头一次对自己迄今为止的所作所为产生了深深的悔恨。

两三天后,圭介突然表示明天要向公司请假去看妻子。母亲听到后,虽然嘴上没说什么,但脸上浮现出痛苦的表情。最终,她也没有对此表示出特别的反对。

· 十一 ·

黑川圭介是在九月上旬前往信州南部的,那段时间正是乌云密布、台风频仍的时期。一路上时时狂风大作,大滴大滴的雨点拍打着火车的玻璃窗。圭介有一种隐隐约约的担心,总感觉自己的妻子可能正因为病情加重而在生死线上挣扎,这种担心不禁使他战栗不已。火车在狂风暴雨中抵达信州附近的山区时,由于轨道路线问题,曾经几次倒车。每次倒车的时候,不习惯出远门的圭介,就会怔怔地望着窗外几乎被雨幕完全遮挡的风景,生出一种完全不知道自己正被带往何方的感觉。

火车在驶抵一个山谷边的小车站后停了车。直到火车马上又要出发,圭介才发现自己要去的疗养院就在这里,于是赶忙仓促地冒雨下了车,身体顷刻间就被暴雨淋透了。

车站前只有一辆正被风雨暴虐的破旧小汽车。圭介之外,还有一位年轻的女士,她也是去那家疗养院的,就这样,两个人决定同乘一辆车前往。

"有位病人的病情突然严重恶化了,我得立刻过去看看……"年轻的女士像在说明什么似的。这位年轻的女士是临县K市的护士。在聊天中,她说自己是在接到电话后才赶来的,电话里说疗养院里有位患者正在咯血,需要立刻来人照顾。

圭介突然感觉眼前一黑,立刻问道:"是女患者?"

"不是,好像是个头次咯血的小伙子。"那位护士心不在焉地答道。

顶着狂风暴雨,汽车在行驶中将水洼中的积水,多次溅向街道两旁的肮脏简陋的房屋,并穿过小村庄后爬上斜坡,继续向疗养院的方向驶去。引擎的声音突然高涨,车身慢慢开始倾斜,这些都使圭介的心中浮现出某种无法名状的不安。

抵达疗养院时,似乎正赶上院里患者的静养时间,大门口空无一人。介圭脱掉湿透的鞋子,自己换上拖鞋,毫不拘束地在走廊上行走。他凭着感觉转弯向某幢楼房,当发现走错之后,又折了回来。在回程路上,他路过一间房门半开的病房,并在无意中向内窥去,发现紧挨着房门边的病床上,躺着一位有着稀松胡须、面色如蜡的年轻男子。感觉到圭介的存在后,男子将头扭转过来看他,把像鸟一般大大的眼睛慢慢移向圭介。

圭介不由得一惊,正想加快脚步从病房门口走过,不料病房内有人走过来将门关上了。关门的瞬间,似乎还向圭介微微点头示意。他定睛一看,原来是刚才从车站一起乘车前来的年轻女士,这时她已经换上了白色衣服。

圭介好不容易在走廊里找到一位护士,向她问询后才知道菜穗子住在前面的一幢楼里。按照那位护士的指点,他从走廊的尽头上了楼梯。到了熟悉的二楼,不禁想起上次陪妻子入住疗养院的种种情景,然后心情激动地走向菜穗子所在的三号病房。圭介担心菜穗子由于身体过于衰颓,见面时可能会想不起自己是谁,然后会像刚才那个咯血的青年男子一样,睁大无力的双眼望着自己。他这样思忖着,不由得身体微微颤动。

圭介稳了稳神,轻轻地敲了几下门,然后缓缓地将门打开。她看到病人躺在床上,背对着自己,好像并不想知道是谁进来了。

"啊,你来了呀!"菜穗子终于转过头,仰起脸看着他。也许因为有些憔悴吧,她的眼睛显得更大了。而这双眼睛在一瞬间,忽然闪现出异样的光芒。

圭介看到这些,稍微松了一口气,却不禁再次黯然神伤。

"一直想着来看看你,就是最近工作太忙了。"

听了丈夫的解释,菜穗子眼中那种异样的光芒迅速消失了。她将自己忽然失去光泽的眼睛移开圭介,转向双层玻璃窗的方向。在窗外,狂风不时地将雨吹到外侧的玻璃窗上。

自己冒着这种风雨赶到深山来看望妻子,却受到如此冷遇,圭介心中微微有些不满。可一想到探病前未见到妻子时压在内心的种种不安,就立刻恢复了平静。

"怎么样，身体恢复得不错吧？"圭介对妻子说正经事的时候，会习惯性地将目光移开。

……菜穗子知道丈夫的这个习惯。她并不在意对方说话时是否看着自己，只是默默地点了点头。

"没什么的，只要在这儿再好好静养一段时间，你马上就会痊愈的。"圭介不由自主地想起，刚才那个快要死掉的咯血患者如鸟一般巨大而无神的眼睛，还是向菜穗子投去试探性的目光。

可是，当他与菜穗子似乎有点儿可怜他的目光相遇时，却自然而然地将头扭开了。圭介一边惊讶为什么自己的妻子总是以这种眼光看待自己，一边向正被风雨吹打的窗口走去。窗外雨水横飞，甚至使人看不清对面的房间，树林中也传出被风雨侵袭时飒飒作响的声音。

到了傍晚，暴雨的劲头丝毫没有减弱。而圭介也因此打消了回去的念头。天终于完全黑了下来。

"在疗养院能过夜吗？"圭介脱口问道。他抱着双臂站在窗边，注视着在风雨中凌乱的树林。

菜穗子有些惊讶地反问道："住在这儿好吗？如果去

村里的话,那儿不会没有住的地方。可这儿就……"

"这里也不会不让住吧。我觉得这儿比村子里的旅店要好得多。"圭介这时才环视了一下这间小小的病房,"就一晚上,这地板也能睡人。再说现在也没那么冷……"

"你这人,真是的……"菜穗子面带惊讶,频繁地打量着自己的丈夫。然后有一搭无一搭地轻轻揶揄道,"老做奇怪的事……"但是,此刻菜穗子的眼神中,没有一丝苛责丈夫的成分。

圭介一个人到多是女性护理人员的食堂去吃晚饭,并独自向值班护士提出了过夜的请求。

八点左右,值班护士为圭介运来了看护人员专用的组合式帆布床和毛毯。在护士夜巡测过体温之后,圭介一个人手脚笨拙地把帆布床搭好。菜穗子躺在床上,忽然感到在这个房间的角落里,圭介的母亲正带着有些阴险的眼神注视着一切。她微微皱起眉头,望着圭介的一举一动。

"这就是床了……"圭介试着坐了坐刚搭好的床,同时把手伸进衣兜里摸索着什么。不一会儿,掏出了一根香烟。

"我能去走廊抽根烟吗?"

菜穗子似乎并没有反应,依旧保持着沉默。

圭介一时不知道如何是好,慢慢地向走廊走去。不一会儿,病房外传来圭介边抽烟边在门口踱来踱去的脚步声。菜穗子时而静听走廊外的脚步声,时而又开始倾听肆虐树林的风雨声。

当圭介再次回到病房时,发现有只蛾子在妻子的枕旁飞来飞去,在天花板上投下巨大而慌乱的影子。

"别忘了睡前关灯。"她语气略带烦躁地说道。

圭介走近妻子的枕旁,赶走飞蛾。在关灯前,他看到妻子因为光亮而紧闭的双眼和布满眼眶周围的黑晕,内心十分痛苦。

"还没睡吗?"一团漆黑中,菜穗子终于朝睡在自己病床下方的丈夫问了一句。丈夫的帆布床总是发出吱吱的声音。

"嗯……"圭介好像故意用迷迷糊糊的声音答道,"这雨声真大啊。你也还没睡着吗?"

"我睡不着也关系不大……反正总是这样的……"

"是这样吗……不过,这样的夜里,你还是不喜欢一个人待在这样的地方吧……"圭介这样说着,翻了个身,背对着菜穗子。他这么做就是为了鼓起勇气说出后面的话,"……你不想回家吗?"

黑暗中,菜穗子不由自主地把身体缩了起来。

"在身体没有完全康复之前,我不会考虑回家这件事儿。"她说着翻了个身,然后就此沉默不语了。

圭介也再没说什么。黑暗从四面八方包围着房间里的两个人。不久,黑暗中只剩下那蹂躏树林的暴雨之声了。

· 十二 ·

第二天,菜穗子盯着贴在玻璃窗正中央的一枚树叶——它是昨晚被风刮到这儿来的。菜穗子盯着它的时候,眼神中充满不可思议的神情。有一刻,她好像想到了什么似的,一个人笑了起来。而当她意识到自己在笑时,又不由得有些吃惊。

"你行行好,别再用这种眼神看我了好吗?"在临别前的一刻，圭介依旧将目光移开妻子，轻声地抗议道。而菜穗子则盯着这片在暴风雨中唯一保持形状不变的树叶，她的目光中依旧充满好奇的神情。自己这种特别的眼神，使她忽然想起来自丈夫那出乎意料的抗议。

"我这种眼神不是现在才有的。我还是小姑娘的时候，已经故去的母亲就对我这种眼神感到厌恶了。他现在也总算觉察到了？又或者老早就感觉到了，但一直闭口不言，直到今天才终于向我说明这一切？不知为何，他昨天就像变了一个人似的……但是，这个骨子里就胆小怕事的人，在乘车途中遇到如此恶劣的暴风雨，只身前来的他该多么害怕啊……"

那一晚，圭介好像因胆怯而始终无法入睡。第二天将近中午的时候，云朵终于收缩分裂，同时周围渐渐雾气弥漫。圭介脸上显出如释重负的表情，匆匆向车站赶去。可天气变化无常，不久暴风雨再次来袭。菜穗子觉得自己的丈夫是在即将上火车，或者刚刚上火车的当口遭遇到这场暴风雨的。不过她对此并没有特别担心，只是有点儿牵挂似的盯着玻璃窗上那片图画般的树叶。此刻，她又一次露出自己也没有觉察的笑容……

与此同时，黑川圭介乘坐的火车，已在狂风暴雨中穿过森林茂密的信州边界。

对圭介来说，相比这肆虐的暴风雨，在深山中的疗养院所经历的种种更加使他感到惊异，到现在都积郁在心，无法释怀。对他来说，这深山里的经历可算是与某个未知世界的初次接触。现在的暴风雨比来时的那场更猛烈，从车厢的窗户中，只能看到几乎贴近车身的一棵棵树木飞掠而过，枝头的叶子随着狂风痛苦地摇曳着。除此之外，圭介几乎一无所见。由于昨晚人生中的初次失眠，他现在心力全无，只在头脑中描绘着一幅幅生活中的图景——越来越郁郁寡欢的妻子，在妻子床边稀里糊涂地度过一夜的自己，以及在大森的家中因等待自己而彻夜未眠的母亲等。母亲是个排他性极强的女人，总觉得最好世界上只有自己和儿子两个人。在母亲将妻子赶至他处后，圭介母子小心谨慎地维护着家中的和睦气氛。而此刻闪现在圭介眼前的是正处于生与死边缘的菜穗子。与菜穗子的生命相比，眼下和睦的家庭气氛是多么无足轻重啊！圭介这样一想，立刻陷入了异常的激动之中。这种激动的感情，使自己上述的想法，足以强有力到让自己迄今为止所获得的安逸感瞬间荡然无存。火车冒着暴雨疾行在森林茂盛的信州边境，圭介则几乎一直紧闭双目，沉浸在刚才的想象中不能自拔。有时候，他仿佛忽然注意到窗外的暴风雨似的，猛地睁开双眼，而马上又会由于心力疲惫，再次自然而然地闭上眼睛，重返梦境。在梦中，此刻的感觉与一直在回味的感觉纠缠在一起，使自己体会到了双重的滋味。现在，圭介就算是想认真地看看窗外的景象，也只能一无所见，最终只能怔怔地盯着天空。他觉得自己的这种眼神，好像是在昨天刚进入疗养院时，在房门半开的病房中，那个偶然与自己对视的濒死患者的那种可怕眼神，又或者总是使自己不得不把视线移开的、菜穗子那空洞的眼神。此外，圭介还感觉这三种眼神古怪地融合在一起了……

　　窗外一下子亮了起来，这使得正在胡思乱想的圭介感到心情平静了一些。他擦了擦玻璃上的水汽，朝车窗外望去。此刻火车终于通过了边界地带的山地，现在似乎在一个大盆地的正中央行驶。暴风雨的势头仍然没有减弱。这一带的各个葡萄园之间，站着一组组身着蓑衣的人，每组大约五六个人的样子。这些人之间不知道在呼唤着什么。圭介怔怔地看着这景象，心中感觉非常奇怪。当火车上的其他乘客也看到了葡萄园中这些身着怪异服装的人时，车厢内不禁有些骚动。从其他乘客的谈话中，圭介了解到，昨晚的暴风雨伴着大量的冰雹，重创了这一带园中刚刚成熟的葡萄。农民们现在束手无策，只能盼望着暴风雨快些停止。

火车每每中途到站时，车厢内就会显得更加嘈杂。车窗外被大雨淋得湿透的车站职员，一边吐着粗话，一边在风雨中来回穿梭。

平原上错落各处的葡萄园无一不呈现凄惨之状。火车在驶过平原之后，再次进入山地地带。刚一进入山地，天空忽然明亮了，条条光线不时地通过车窗洒进车厢内。圭介这下终于开始完全清醒了。同时他也突然发现，迄今为止的自己是多么可憎。那位有着鸟眼的濒死患者的怪异眼神，和刚刚在不知不觉中自己所模仿的眼神，都已经被干干净净地忘掉了。但是，只有菜穗子那令人心痛的眼神，依旧鲜明地残留在他的眼前。

火车抵达新宿车站时，暴雨已经完全过去了。整个新宿站都被夕阳染成带有膨胀感的红色。圭介刚一下车，就对站内蒸腾憋闷的空气感到吃惊，这使他猛然回忆起高原疗养院中那种深入骨髓的快意干爽感。圭介试着挤出站台上拥挤的人群。当他看到面前不知为何站着许多人时,不自觉停下脚步,抬头向通告栏望去。原来通告栏上显示,刚才他乘坐的中央线列车将会有一部分停开。看到这个消息,圭介想到在刚才自己乘坐的那辆火车驶过的区域中,可能在山谷中的某座铁桥坍塌了,导致后面的列车在暴风雨中进退不得。

圭介看完通告,脸上显出半信半疑的表情,当他再次进入拥挤的人流之中时,心里玩味着一种异样的感觉——在如此嘈杂的人群中,圭介感觉只有自己的内心,充盈着来自深山的某种奇异的东西。他边想边径直前行,这种感觉令此刻独行的他情绪沮丧。但是,单纯的圭介并没有意识到,此刻充盈自己心头的,正是濒临死亡前人类所特有的对生的不安。

那天,黑川圭介无论如何也不愿意就这样回到大森的家中。他在新宿的一家饭馆吃了饭,又在咖啡厅悠闲地喝了杯茶,最后来到银座,不计钟点地在夜晚的人群中四处晃荡。对于年近四十的他来说,这样的经历可以说是第一次。他不时有些担心母亲，担心自己不在家的这段时间，母亲是如何不安地等着他回来。每每担心时，圭介就会故意再拖延一会儿，仿佛希望将母亲焦急等待的样子，在自己内心深处多保留一些似的。他甚至还想到，自己居然能在这毫无家庭味道的地方，忍受着母子二人如此冷清的生活！这时，他眼前又不断浮现出菜穗子的那种眼神，但这次自己却没有生出厌烦之心。而另一方面，他不时地从脑中掠过的生与死问题，正逐渐变得模糊不清。他慢慢认识到，自己与走在自己身前身后的那些人似乎并没有什么太大的不同。他终于感觉到，是连日来的疲劳感使他产生出这样的想法。最后，圭介还是向大森的家中走去，他感觉自己被某种无法抗拒的力量所牵引。这时他才惊讶地意识到，自己正要回到母亲身边，而时间已经将近十二点了。

· 十三 ·

阿叶女士为了能让东京的医生给女儿初枝治病，从O村来到了东京。都筑明知道了这个消息，并在九月底到位于筑地的医院进行探望。从七月份起，都筑明就回到建筑事务所上班了，但他忧郁沉默的状态，并未有丝毫改善。

"身体怎么样了？"都筑明边问边把脸转向阿叶女士，尽量不去看躺在病床上的初枝。

"非常感谢。"阿叶女士此刻就像一个乡下妇女，不知道这种场合应该如何应对似的，只是亲切感激地望着都筑明，不知道说些什么好，"不知怎么的，总是不太顺利……不管换成哪位医生，都说些温温吞吞的话，真让人困惑。这次来本想索性做了手术，但是大家都觉得动手术希望也不大……"

都筑明朝躺在床上的初枝瞥了一眼，这是他第一次在这么近的距离看她。初枝有着和她母亲相似的美丽面庞，并不似想象中的憔悴。就算我们在她眼前谈论着她的病情，初枝也没有表现出丝毫不快，只显出少许害羞的样子。

在阿叶女士出去沏茶的空当儿，房间里只剩下都筑明和初枝两两相对。都筑明尽量将目光移开初枝，而初枝则显得不知如何是好似的，带着不安的眼神，脸上微微发红。都筑明只是曾听别人讲过，初枝在和阿叶女士说话时，总是喜欢撒娇，就像一个十二三岁的小女孩。因此，他根本想不到，这姑娘的眼睛里还会发出如此柔美又满怀情愫的光芒——忽然，都筑明回想起，眼前的初枝小姐和自己的恋人早苗还是从小玩到大的好朋友呢。早苗应该在今年初秋的时候，嫁到那位非常受村民欢迎的年轻巡警那儿去了。都筑明也和那位巡警遇到过很多次。

从那天起，都筑明差不多每隔两三天，就会在下班途中看望她们母女。在大多数探望的日子里，带着浓浓秋意的夕阳都会洒进初枝的房内。

在这静谧的夕阳中，都筑明都会待在阿叶女士和初枝身旁，观其落落举动，闻其淡淡言语。这时，他感觉到空气中飘浮着一股O村特有的味道。每当这种感觉来临时，都筑明都会贪婪地吸吮着这股味道。他甚至觉得，自己曾经在一个农村姑娘身上枉然追求的那种东西，无意中就在这母女二人之间出现了。阿叶女士对都筑明与早苗的关系似乎早已有所察觉，但没有露出任何痕迹——这点让都筑明非常满意。正因为如此，如果能时时将脸埋在这位年长女士温暖的怀抱里，肆意地吸闻O村的味道、默默地接受她温柔的抚慰，这该多好啊！

"不知为什么，半夜醒来的话，就会觉得空气潮湿，感觉不舒服。"习惯深山里干燥空气的阿叶女士,在东京所发的这种牢骚,恐怕只有都筑明才能理解。阿叶女士怎么看都是个实实在在的山村妇女。如果在O村的环境下,她应该算是一位容貌端庄、性格分明的出众女子。但是在东京,尽管她从未离开过医院,却不知为何,总是不能融入周围的人和事中,颇显鄙俗。

虽然阅历已深,但阿叶女士的本性中还残留着姑娘的影子,再加上由于长期患病,虽然已经到了适婚年龄却依旧像个孩子一样的初枝——都筑明不知不觉中,已经无法将这两个人视为分别的存在来思考了。从医院出来时,阿叶女士常常将都筑明送到大门口。前行中,他清晰地感觉到阿叶女士正跟在自己的后面,而心中则描绘出一幅绝对不会出现的画面:如果自己与这对母女的命运能够联系在一起的话……

· 十四 ·

一日傍晚,都筑明好像有点儿发烧。他提前离开事务所,径直回到自己在荻洼的寓所。平时下班较早的时候,都筑明都会去医院探望一下阿叶母女。像今天这样在荻洼站下车时,天色还是这么亮,算是很难得的。深红色的细长形云朵,横跨在色彩斑斓的杂木林上方,在天空的西方缓缓扩张。都筑明抬头怔怔地望了片刻,忽然剧烈地咳了起来。站台的一端,有个背向都筑明、看起来像车站职员的矮个子男人,他好像正在思考什么事情,在听到咳嗽声后,非常吃惊地回过头来朝都筑明的方向看去。都筑明看到他的时候,感觉似乎在哪儿见过这个人。但为了压抑痛苦的咳嗽,都筑明只能当着这个男人的面弯下腰,将身体缩作一团。在好不容易将咳嗽暂时止住后,都筑明便向车站台阶的方向走去,仿佛已经忘记刚才的那个人。刚要迈步,他忽然想起那个男人好像是菜穗子的丈夫,于是急忙扭头回望。只见那个人和之前一样,带着些许忧郁的气质,背对着他脸朝外站着。在他身后则是被晚霞渲染的天空以及稍稍呈现黄色的杂木林。

"这个人……表情有点儿寂寞啊……"都筑明这样想着,走出了车站。

"菜穗子是不是有什么事儿啊?也许是得了什么病吧。上次看见她就有这种感觉。不过,上次看到这个男人的时候感觉不是个和善的人,今天看起来倒是还不错。对我来说,除非对方必须有那么点儿忧郁的气质,否则根本没法引起我的关注啊……"

由于害怕咳嗽再次发作,都筑明到家后没有立刻换衣服,而是坐在西侧的窗边暗自思索:也许菜穗子在西边的某个地方,某个遥远的地方,正过着我无法想象的痛苦生活吧。与此同时,他就像有生以来初次欣赏风景似的,遥望着远方火烧般的晚霞与开始发黄的杂树林。都筑明在欣赏流动的风景时,忽然感到一阵不能自持的恶寒。

黑川圭介还是呆呆地伫立在站台的一边,他望着西方被晚霞晕染的天空,似乎仍在思考刚才的问题。在思考的时间里,已经有好几辆电车过去了。而他既没有乘车,看样子也不像在等什么人。其间,圭介这种凝固的姿势似乎只变动过一次——就是听到有个人在身后方向剧烈咳嗽,自己吃惊地回头观望。那是个个子高高、骨瘦如柴的陌生青年。这青年发出的如此剧烈的咳嗽声圭介还是第一次听到,这使他想到自己的妻子常常在黎明时分发出的与之类似的咳嗽声。不久,又有几辆电车驶过。忽然,一辆长长的中央线列车通过站台,把地面震得微微颤动。圭介惊讶地抬起头,目不转睛地盯着从眼前飞驰而过的一列列车厢。如果可能,他真想把车厢内每个乘客的面孔都看清楚。因为几个小时后,当列车通过八岳山的南麓时,若有乘客愿意看自己妻子所在的疗养院的红色屋顶,还是可以看得到的……

黑川圭介从骨子里来说算是个单纯的男人。一旦他认定自己的妻子确实生活得不幸,只要还是带着这种"认定"的想法继续现在的分居生活,那么这种"认定"就不会被轻易地抹去。

从深山的疗养院探病回来后,已经有一个多月了。尽管公司的工作日渐紧张,自己忙得不可开交;尽管秋高气爽的天气持续出现，让人高兴得可以忘却一切，但在圭介的记忆中，探病的情景还是记忆犹新，就像是刚刚发生的一样。完成了一天的工作，在傍晚混杂的环境中拖着疲惫的身子匆匆回家的时候，圭介会猛然想到，妻子不在家中。随后，包括被暴风雨困在深山疗养院的情景，回程火车被暴风雨袭击的情景等，都会事无巨细地出现在圭介的记忆中。他常常觉得菜穗子总是在某处盯着自己。有时，她的目光似乎还会闪现出光芒。这让圭介常常暗自吃惊，然后就会在电车的车厢内搜寻与菜穗子有着相似目光的女人……

圭介从未给妻子写过信。像他这样的男人，从没有想到过这么做，可以使自己的感情更加充实吧。就算他有过这种想法，以他的禀性，也不会立刻付诸于行动。他虽然知道母亲与菜穗子相互通信，但对此从未过问。就算收到菜穗子总是用铅笔书写的、字迹潦草的书信，他也从未想过拆开阅读，看妻子究竟说了什么。只是在偶尔显得有些担心的时候，才会长时间地盯着书信。每当这个时候，圭介眼前总会浮现出妻子写信时的模样：她带着慵懒的气息，仰面躺在病床上。一边用铅笔轻轻摩挲着脸颊，一边思索该写些什么虚情假意的词句,最后记在纸上。

圭介一直对自己的苦闷守口如瓶。不过有一天参加老员工的送别会,他遇到一位性格爽朗的同事。在送别会结束后,两个人一起离开会场,圭介忽然觉得这位同事非常值得信赖,就把妻子的事情告诉了他。

"真有点儿同情你啊!"同事有些不胜酒力。他带着同情的心态,认真地倾听圭介的遭遇。然后,他像忽然想起了什么似的,脱口说道,"不过,有这样的老婆不也挺安心的嘛!"

圭介最初没有理解对方话中的含义。可是,他猛然想起,以前曾经听闻这位同事的妻子有些行为不端的传言。于是,圭介不再和他谈论自己妻子。

同事的这句话,整个晚上都让圭介感觉心中苦闷。他彻夜都在考虑妻子的事情,丝毫没有睡意。对他来说,菜穗子去的那家深山里的疗养院如同社会边缘一般存在。圭介完全不能理解所谓"自然的慰藉"这种感情。他只是觉得从四面八方包裹住疗养院的各种大山、森林、高原等,只能加深菜穗子的孤独感,只能成为菜穗子了解社会的障碍,令她更加与世隔绝。在那种近似自然的牢笼中,菜穗子仿佛万念俱灰，只是空茫地盯着天空，等待死神慢慢地降临。

"'挺安心的'是指什么？"圭介一个人在黑乎乎的屋子里躺着，忽然没有缘由地发起火来。

圭介下过多次决心，要向母亲请求把菜穗子接回东京。但是对于自从菜穗子走后，就一直心情愉悦的母亲来说，面对这样的请求，她肯定会以菜穗子的病情为借口，固执地表示反对。每当圭介想到这些，就会感到厌烦，不得不打消这个念头了。再说，即便真的把菜穗子接回来，考虑到婆媳二人迄今为止的关系，圭介甚至怀疑自己到底能为妻子的幸福做些什么。

最后，一切仍旧保持原状，没有任何变化。

暮秋，一个狂风肆虐的日子，圭介参加了荻洼一位朋友的葬礼。他独自在被夕阳映照的站台上踱来踱去，等待回程的电车。这时，一辆长长的中央线列车飞驰而至，随之而来的阵风将站台上无数落叶吹到空中。圭介赶忙走上前去，用了很大力气才看清这是驶往松本方向的列车。即便在列车已经离站后，圭介仍旧一动不动地站在飞舞的落叶之中,带着痛苦的眼神目送列车远去。他此刻正在心中描绘着这样的图景:列车将在几个小时后进入信州地界,并且以和刚才一样的速度通过菜穗子所居住的疗养院附近……

以圭介的禀性来说,他肯定不会在大街上没有目的地闲逛,以寻觅意中人的身影。令人意想不到的是,他在这一瞬间清清楚楚地感觉到了妻子的存在。在这之后,他常常在下班早的时候,特地搭乘国营电车从东京车站来到荻洼车站,在站台上等待那辆将在傍晚开向信州方向的电车。这辆傍晚时分驶来的列车,总是在他面前飞驰而过。而快速行驶带来的阵风,则使他脚下无数落叶无规则地在空中飞舞。每当这时,他就会用一种全神贯注的眼神盯着驶过的每一节列车车厢。这一刻,圭介忽然痛苦而明确地感觉到,这辆列车与列车内的乘客,两者合力在瞬间将终日压抑自己内心的某种东西带走了,且不知将它带向何方。

· 十五 ·

深山中秋意浓厚的晴日持续了一天又一天。在疗养院的周围，四面八方都有日照充足的斜坡。就如同完成每日功课似的，菜穗子常常一个人兴致勃勃地四处走动，欣赏着野生蔷薇鲜红的果实。在暖暖的午后，她还会走到牧场，钻过栏杆，在草地上慢慢前行。一直走到能看到牧场中央那棵独自耸立的半枯老树的地方。如今，老树所剩不多的树叶已经微微泛黄，在日光的照射下熠熠生辉。由于日照时间渐渐变短，无论是那棵挺拔老树的影子，还是菜穗子自己的影子，都会很快地伸展至异样的长度。当看到这样的景象时，菜穗子才会恋恋不舍地返回疗养院。她常常忘了自己身体的疾病和孤独感。可像现在这样，忘却一切俗尘之事，每日在美丽静好中度过的日子，人的一生之中又能体验几回呢？

但是，夜晚却是寒冷而孤寂的。从下方村庄吹来的冷风，一旦到了这好似尘世边缘的地方，就像失去了方向感似的，在疗养院周围徘徊，久久不去。有时候，不知何人忘记关上的玻璃窗，也会整夜发出"啪嗒、啪嗒"的响声。

一天，菜穗子听一位护士说，春天那位非要出院的年轻农林技师，好像渐渐因为疾病而身体不支，再次回到疗养院来了。她眼中浮现出那位青年离开疗养院时的面孔，那是一张精神饱满、但脸色铁青的脸。离院时青年那毅然决然且生机满满的眼神，使为他送行的其他患者生出了由衷的敬佩之情。一想到这些，菜穗子的内心就被深深地触动了，总觉得这位年轻技师与自己有所关联。

冬天很快便来临了。可连着几天，这里还是温暖的小阳春天气，令人丝毫没有觉察冬季已至。

· 十六 ·

阿叶女士在医院请医生为初枝进行了两个多月的治疗，但收效甚微，最终医生也放弃了信心。如此这样，母女二人只得返回乡下。年轻的牡丹屋老板娘，特地从 O 村过来接她们。

都筑明已经两个星期没去建筑事务所上班了。他在得知这一消息后,将喉咙用湿布一裹,就匆匆赶到上野车站为她们送行。初枝在阿叶她们的照料下,由车夫背着上了站台。一看到都筑明,她的面庞立即出现了少见的微微红晕。

"那就再见了,请您多保重身体⋯⋯"阿叶女士望着都筑明病怏怏的样子,反而有些担心地对他说道。

"我没什么事儿。冬天放假的时候,也许我还会去您那里玩儿,您就等着吧。"都筑明回答道。看着阿叶女士和初枝,他的脸上泛起寂寞的笑容,"那么,一路顺风吧。"

火车在都筑明的注视中驶出站台。随着列车的离开,站台上忽然洒满带有冬日气息的稀薄无力的日光。这里只剩下都筑明一个人孤单单地站着,内心不再清爽。他拖着慵懒的步子,就好像在思考今后的人生。由于疾病过于顽固,最终不得不返回乡下的阿叶女士和病人初枝,虽然给外人的感觉有些寂寞悲凉。但那种仿佛对尘世已经绝望的悲凉表情,从未在这对母女脸上出现过。不止如此,两个人因为可以早日回到O村,反而露出某种如释重负、内心愉悦的样子。自己居住的村庄和家庭，对她们来说就是如此重要吧。

"可是，既没有那样的村庄，也没有那样家庭的我，要怎么办呢？最近内心的空虚感又是从何而来的呢？"阿叶她们对都筑明内心的空虚感一无所知。每当与她们见面时，都筑明都会觉得自己在一条自我设定的道路上孤单地前行，身后不会有人跟随——这使他的内心非常恐慌。而另一方面，在与阿叶她们相处时，都筑明的确能够感觉到自己的内心获得了充分的休息——这也是一个可以认定的事实。现在，阿叶她们已经回去了，都筑明的周围再也没有能拨动心弦的人了。这时候，他仿佛突然想起了什么似的，剧烈地咳起来。他赶紧停下脚步，弯曲身体，希望将咳嗽压下去。等都筑明好不容易压住咳嗽，重新直起身子时，车站内已经变得人影稀疏。"我在事务所里做的工作，如果换成别人也一样能干。而我的生活除了这些谁都能做的工作之外，到底还剩下些什么呢？迄今为止，我到底有没有做过哪怕一件自己非常想做的事情？迄今为止，每当自己希望辞掉现在的工作，想要做些带有独立性的事情时，只要一见到所长那对我充满信赖的友善笑容，自己便会变得难以启齿,在模糊的态度中糊弄过去。我这样瞻前顾后,到底如何是好呢?就以这次的身体疾病为由,先请个假,一个人去外地旅游,也好仔细地思考一下:自己究竟想要什么?现在让我如此绝望的究竟是什么?我到底有没有能力找出这些问题的答案?是不是可以这样说:我正在认真地寻找某种自认为已经失去了的东西。菜穗子也好,早苗也好,已经回去了的阿叶她们也好……"

都筑明紧锁眉头,思考着这些问题。他微微弯着腰,走出车站。带着冬日气息的阳光在站内闪闪发光。

· 十七 ·

八岳山已经能看到积雪了。

即便是这样,菜穗子也会在天气晴朗的日子,继续着从秋天就开始的散步"日课"。无论白天的太阳如何温暖,都无法使前一天被冻结的大地彻底恢复本来的柔软——这就是高原冬日的模样。

菜穗子穿着白色呢子大衣,静静地听着冻住的枯草在自己脚下所发出的碎裂声音。有时,她会来到已经不见牛马踪迹的牧场,伴着吹拂鬓边的阵阵寒风,一直走到能够看得见那棵半枯老树的地方。在仍旧生长的老树树枝上,还存有几片枯叶,就像冬日的晴朗天空中唯一的污点。由于自身的衰弱,这些枯叶不能自持地不停抖动,仿佛永远不会停止似的。菜穗子仰头望着这些抖动的树叶,不由得叹了口气,然后返回了疗养院。

自从进入十二月,每天都浓云密布、彻骨生寒。进入冬季后,群山连日被厚厚的雪云所笼罩,可山麓处还没有下过一次雪。这种憋闷的孕雪天气令人心情压抑,疗养院的患者们整日忧伤郁结。菜穗子也失去了出门散步的精神头。病房的门窗大开,寒气逼人。她总是躺在病房中央的床上,用被子把自己紧紧裹住,只露出两只眼睛,双颊被冻得生疼。这时,她会产生这样的幻想:在某家小小的精致料理店中,伴随着烧得很旺的火炉发出令人愉快的"啪啪"响声,料理的香味飘散四周。出了小店后,怀着愉悦的心情,在空中飞舞着落叶的林荫道上漫步。有时,菜穗子会对这种貌似平庸,实则非常有趣的生活感到留恋。而有时,又会觉得自己已经看不到前方的希望,对生命没有任何期待了。

"我这辈子就这样了吗?"她这样一想,自己吓了一跳,"谁能告诉我,今后我该怎么办?我今后只能这样下去,对一切都不抱希望了吗……"

一天,菜穗子正在进行这种漫无条理的幻想时,被护士叫醒了。

"有客人想见您……"护士在含着笑容得到菜穗子的同意后,便向门外说了一声,"请进!"

门外忽然传来一阵剧烈而陌生的咳嗽声。菜穗子在不安中等待着这个人。不久,她就看到了这位站在门口,个子高高、身体瘦瘦的青年。

"啊,是你,都筑明君。"菜穗子带着探究的严厉目光,迎接这位不速之客的到来。

都筑明怔怔地站在门口,在菜穗子严厉的目光中略显狼狈。他拘谨地打着招呼。随后一面仿佛避开菜穗子的目光似的,环视着病房,一面将大衣脱掉。这时,他再次剧烈地咳了起来。

躺在床上的菜穗子充满怜惜地说道:"这里有点儿冷,

您还是穿着吧。"

都筑明听了之后,马上将脱了一半的大衣重新穿好,然后表情僵硬地站在原地,直勾勾地盯着病床上的菜穗子,好像在等她的下个指令。

当菜穗子再次看到都筑明这副老老实实、宁静亲切的样子时,不禁感到一阵痉挛,仿佛自己的喉咙被堵住一样。可是,这几年——特别是自己结婚后的这段时间——几乎音信全无的都筑明,为什么会在如此寒冷的冬日忽然到深山中的疗养院来看自己呢?在弄清楚这个问题之前,即便对都筑明现在这副恭顺无邪的表情,菜穗子也会产生某种不安感。

"您可以坐在那儿。"菜穗子躺在床上,用冰冷的目光扫一下椅子,终于开口说道。

"好。"都筑明瞥了一眼菜穗子的侧脸,马上将目光移开了,在门边的长皮椅上坐下来。

"我在出门旅行的时候听说您在这儿,所以在火车上就决定顺道来看看您。"都筑明一面回答,一面用手掌摩擦着自己瘦瘦的脸颊。

"您要去哪儿旅行?"菜穗子仍旧带着不安的情绪问道。

"也没有明确的目的地……"都筑明有点儿自问自答地说道。随后,他忽然睁大眼睛,仿佛下定决心似的,以无所顾忌的语气将憋在心里的话说了出来,"我就是想在冬天随便四处走走。"

菜穗子听后,脸上立刻露出类似苦笑般的表情。她有个从少女时代就养成的习惯:每当都筑明或者其他类似的玩伴,出现少年特有的幻想态度或者语言,菜穗子都喜欢用这种苦笑来揶揄他们。

当她发现,自己在不经意间,又显现出在少女时代所养成的这种习惯性表情的时候,心中产生一阵悸动。但一瞬间,都筑明又开始像刚才一样地剧烈咳嗽起来,这使她不由得皱起了眉头。

"咳得这么厉害,真是胡来,根本不必出来旅行啊……"虽然跟自己无关,菜穗子还是这样暗暗思考着。

随后,她又恢复了最初那种冰冷的眼神,接着说道:"您是感冒了吗?不过,这么冷的天气还出来旅行,好吗?"

"没什么大事儿。"都筑明带着无所谓的口气回答,"只是嗓子有点儿难受。到雪地里走走,也许会好一些。"

这时,都筑明的心中产生这样的想法:"迄今为止,我从未想过与菜穗子小姐见面的事情,可为什么刚才在火车上刚一产生这个念头,就立刻赶到这种地方来看望这位多年未见的菜穗子小姐呢?她现在是什么样的性格?和从前大不相同了吗?又或者完全没有改变——我对菜穗子小姐现在的一切都一无所知。但在一瞬间,我只希望能与她像从前那样怒目而视,然后马上回去。虽然心里是这样盘算的,但一见到这个人,自己仿佛又回到了从前,她越是对我冷若冰霜,我就越会将自己所受到的伤害统统归咎于她,否则心里就会十分难受。啊,我现在已经达到了最初的目的,还是早点儿回去为好……"

都筑明这样一想,便赶忙起身。他看着病床上菜穗子的侧脸,自己变得扭捏起来。但这时,他怎么也说不出道别之类的话,只能以轻轻的咳嗽作为掩盖。不过这次是装出来的。

"这里还没有下过雪吧?"都筑明以征得同意般的眼神望着菜穗子,径直朝阳台走去。然后停在半开的房门旁边,带着不胜严寒的神态眺望着远山和森林,随即转向菜穗子的方向说道,"如果下雪,这一带的景色一定不错。我还以为这里已经下雪了呢……"

然后,他就像下定决心似的走到阳台上,手扶栏杆,弯着腰,目光炯炯地望着视野中清晰辽阔的群山和森林。

"这个人真是一点儿没变。"菜穗子一面这样想,一面凝视着站在阳台上的都筑明。他站在那儿,始终保持一个姿势、眺望着一个方向。都筑明从小就显得比别人更内向、害羞。但如果发生了什么事,他也会显出刚强的一面,产生出"自己想做的事情一定要做到"的固执。每当这种情况出现,就连菜穗子也无能为力,只得听之任之……

这时,站在阳台上的都筑明不经意间回头望向菜穗子。而当他看到菜穗子似乎要对自己露出微笑的时候,便好像受不了耀眼的阳光一般眯起眼睛,松开放在栏杆上的手,回到了房间内。菜穗子随口对他说道:"都筑明君真是一点儿没变啊,真羡慕你……可女人就没这么好了。一旦结了婚,就开始变了……"

"您也变了吗?"都筑明有点儿意外地停住脚步,对她反问道。

菜穗子被这么一问,脸上立刻浮现出半掩饰半自嘲的笑容："都筑明君是怎么看的呢？"

"那个……"都筑明有点儿语塞地回答着，同时以非常困惑的眼神回望她，"……这可怎么说呢……"

都筑明嘴上这样应付着，但心中却认为，菜穗子由于没有得到任何人的理解，现在一定过得不幸福。他无心听她讲自己的婚姻生活，而且也觉得她不会坦白直言。可他也感觉现在的自己能完全理解菜穗子的一切。而曾经有一段时间，他觉得自己对她的事情简直一无所知。但是现在，无论菜穗子告诉自己她的心旅历程有多么坎坷，都筑明都会感到只有自己才能伴随她远赴天涯海角……

"她现在认定没人能理解自己，这样岂不是非常难受吗？"都筑明继续思考着，"菜穗子小姐从前就对我的异想天开异常反感，不过她到底也还是有自己的梦想啊，就像我最喜欢的她的妈妈一样……她的妈妈是位非常争强好胜的女士，所以总把梦想深深地埋藏在自己的心底，不让外人有任何觉察，也包括当时的菜穗子……但是，她妈妈的梦想还真是出乎意料啊……"

都筑明目不转睛地盯着菜穗子，目光中流露出这样的想法。

菜穗子在这期间却紧闭双目,脑子里只考虑着自己的事情。她消瘦的颈部不时地出现痉挛似的颤动。

都筑明忽然想起在荻洼车站遇到的那位貌似菜穗子丈夫的人。临走前,他刚想稍稍提一下这件事,可内心突然生出一种"不说为妙"的感觉,最终对此只字未提。于是,都筑明下定必须离开的决心,三步并作两步走近病床,在床边停了下来,表情扭捏拘束。

"我要回……"话声到这儿戛然而止。

菜穗子仍旧双目闭合,等待都筑明接着说下去。但是都筑明并没有继续讲下去,她这才睁开眼睛望着他,终于明白他确实准备回去了。

"您要回去了吗?"菜穗子略显惊讶地看着他,觉得这样离开显得有些仓促。她并没有做出特别的挽留,反而带着某种被释放出来的感觉,对都筑明说道,"您几点的火车?"

"啊,这个我倒没看。这样的旅行,时间比较随意。"都筑明回复,同时驯谨地鞠躬告辞,就像刚来的时候那样,"祝您身体健康。"

菜穗子看到这种拘谨的鞠躬方式,忽然敏锐地感觉到,自从都筑明在自己面前出现后,她就莫名其妙地开始将自己的感情伪装起来。现在,她仿佛对此感到后悔似的,用前所未有的温柔语气对他道别。

"您也不要太操劳了……"

"好的……"都筑明精神饱满地答道。最后又一次睁大双眼注视着菜穗子,同时向门外走去。

不一会儿,门外又传来都筑明剧烈的咳嗽声,声音随着脚步声的远去也逐渐变弱。菜穗子独自在房间中,刚才还只是在心底萌动的悔意现在一下子变得清晰深刻起来。

· 十八 ·

都筑明漫无目的地独自旅行,就像冬日中一只飞鸟飞过自己头顶时所投射的影子——只在自己面前瞬间掠过,即消失得无影无踪。随着时间的推移,他那副不安的模样给菜穗子带来的影响越来越深了。那天,都筑明回去后,菜穗子的心头总是产生出一种莫名的悔恨之感。最初,她只是感觉在面对都筑明时,会有些掩饰自己的感情。在他站在自己面前的整个期间,菜穗子也不知道是对他,还是对自己，都是处在一种焦灼不安的状态中。而菜穗子认为之所以会产生这种感觉，是因为都筑明将他所受的伤害全部归咎于菜穗子，一如他在少年时代的所作所为。除此之外，更令她困惑的是都筑明的突然来访。这次来访使她懵懵懂懂地产生一种感觉：自己虽然不幸但暂且安稳的生活，即将受到威胁。都筑明所受的伤害比菜穗子更深，但他如同一只翅膀折断却依旧努力翱翔天空的飞鸟，在自己的人生中不断探索尝试，直到生命的终结。如果是以前的都筑明，菜穗子可能只会看到他皱眉头。可如今的这次重逢，菜穗子常常感觉到，相比自己现在几乎绝望的生活态度，都筑明可谓是真挚热情。她对自己的这种想法，别说是对都筑明，就连自己，无论如何都不愿意坦诚相对的。

两三天之后，菜穗子才对自己坦白这种自我欺瞒的感情。为什么对都筑明如此刻薄无情，对方在旅行途中特意赶来探望，却一句心里话也没对他说，就打发他回去了。菜穗子觉得自己那天实在是太不近人情了。但如果自己那时在都筑明面前完完全全地低下头，那么下次碰巧又遇到对方的时候，自己心里会觉得多么悲惨啊！想到这些，菜穗子的内心反而生出一种解脱的感觉……

菜穗子从这个时候开始,才真正地感觉到现在孤独的自己有多可怜。她就像病人检查自己的病情一般,先是小心翼翼地把手放在过分消瘦的脸颊上,然后轻轻抚摩,最后开始慢慢感受自己悲惨的程度。对她来说,除了还算愉快的少女时代,自己长大后并没有像母亲那样找到精神上的寄托——母亲仅凭回忆就能充实地过好后半生。而且如果按照现在的状态生活下去,未来也不会发生什么值得期待的事情。就目前来说,自己与所谓的幸福相去甚远。虽然这么说,但也并非表示自己比这个世上的任何人都不幸。虽然在这份孤独的深处,有一种近似于安心感的东西,可若是比起冬日深山生活所产生的无聊感,还真是得不偿失啊——更不用说这样的深山生活要持续整个阴冷沉闷的冬天了。都筑明虽然对自己的前途有所不安,但还是要认认真真地走完一生,触摸到自己梦想的极限。在他这股真挚的情感面前,自己现在的生活是多么虚伪不堪啊!又或者,要说服自己未来的日子还会有所期望,以便继续打发这种闲淡无为的日子呢?还是未来真的会有什么能够唤醒自己的东西在前面等着自己呢……

菜穗子总是这样,内心强调着自己的悲苦,天马行空地胡思乱想。

· 十九 ·

菜穗子已经收到厚厚一摞圭介母亲寄来的信,但她在收到信后并不会立刻打开,只是将它扔在枕边。而且在拆开信封阅读内容的时候,次次都是怀着厌恶的心情。在阅读完信的内容之后,她必须忍受着更加厌恶的心情,虚情假意地琢磨着给婆婆回信的字句。

可自从进入暮秋时节,菜穗子从婆婆的来信中,渐渐感觉到某些和往常那些空洞虚伪的内容所不同的东西。她不会再像从前那样皱着眉头阅读婆婆来信中的字字句句了。虽然每次接到婆婆的书信,菜穗子还会像以前那样有点儿不麻烦似的,不会立即拆封,而是长时间地扔在枕旁。但只要拆开信读起来,就再也不能释手。菜穗子不想探究为什么现在的来信不似以前那样令人反感。只是现在这一封封来信中,婆婆那歪七扭八的字迹所描绘的圭介近来的消沉状态，在她面前栩栩如生地呈现出来。这一点菜穗子自己也不打算否认。

在都筑明探病几天后一个彤云密布的傍晚，菜穗子收到了婆婆总是用灰色信封封装的来信，她还是像往常一样一脸嫌弃地将信扔在一边。但过了一会儿，她心想是不是出了什么事情，赶忙拆开信封。而信中的内容与此前无甚变化，并不是她刚才一瞬间感到的如圭介突然病危之类的消息，这令菜穗子莫名失望。信中有些地方的字迹太过潦草，她读时直接跳了过去。在草草通看一遍后，菜穗子又从头开始仔细地读了一遍。随后，她如同陷入沉思一般紧闭双目。这时，她忽然想起该测量傍晚时段的体温了。在确认体温依旧是三十七度二之后，菜穗子就开始躺在病床上，拿起信纸和铅笔，给婆婆写回信。从菜穗子运笔的姿态来看，她已经陷入无话可说的窘境。

"昨今两日，这里异常寒冷。但疗养院的大夫们说，如果我能在这里熬过这个冬天，身体就会彻底康复。这样的话，我就没法按照妈妈的吩咐回家了。这不仅让妈妈，也让圭介……"她写下这些话，稍稍用笔头擦了擦自己内陷的脸颊，同时脑中所描绘的带着消沉模样丈夫的形象，渐渐浮现在眼前。以前,每当菜穗子用凝视的目光注视丈夫的时候,他都会不由自主地把头扭向外面。而现在,菜穗子无意中又在用同样的目光,凝视着浮现在自己眼前的丈夫。

"别用这样的眼神看我行吗?"圭介似乎再也无法忍受似的对她说道。那日被暴雨困在病房的时候,圭介面露不安地提出了这个要求。在菜穗子看来,丈夫惶恐不安的样子忽然取代了他以往的模样,彻底占据了自己内心的全部。这时,她又闭上双眼,想象着又重返那天的暴雨时分,脸上浮现出令人不解的怪异笑容。

连日来都是阴沉沉的,好像要下雪了。有时不知从何处的山峰上随风飘来一些白雪一样的东西。每到这时,就能听到患者们相互说着"终于下雪了"之类的话。可是,所谓的雪,也仅限于这些白色的东西,天空仍旧阴云密布,空气仍旧彻骨严寒。在这阴郁沉闷的冬空之下,都筑明带着那副根本不像一个旅行者的憔悴模样,走过一个又一个村庄。即便是这样,恐怕他也没有得到自己苦苦追寻的东西吧(虽然菜穗子并不知道那是什么)。

都筑明是在多么绝望的心情下行走的啊!菜穗子越想都筑明那种令人迷恋的姿态,越感觉自己也要及早对自己的人生做出决断。这样一想,她就对都筑明这位青梅竹马的伙伴就更加同情了。

"我不像都筑明那样有自己明确的目标。"每到这个时候,菜穗子都能深刻地体会到这一点,"是因为我是一个已婚女人的缘故吗?还是说,我只能像其他已婚女人那样,牺牲自己而从属他人呢……"

· 二十 ·

一天傍晚,面带病容的都筑明乘坐列车,从信州的腹地逐渐驶往处于上州边界附近的O村。

这一周晴日未见的寒冬旅行使都筑明身心俱疲。他不停地剧烈咳嗽着,身体好像也有些发烧。他闭着双眼,毫无力气地靠在窗框上,期间不时地抬起头,怔怔地望着窗外渐渐繁密的松树林和枹树林——虽然它们的树叶已经凋零,但都筑明却十分怀念。

都筑明好不容易请了一个月的长假出来旅游，目的就是能认真思考一下今后的人生方向。他怎么也不想就这样无所收获地结束这个假期，这完全违背自己的初衷。最终他决定返回O村，暂作休整，打算在恢复精力后，再次踏上那个思考自己未来人生的旅程。早苗结婚后，由于丈夫被调到了松本，她应该也不在O村了。虽然都筑明稍稍感到寂寞，但可以安心地拖着自己欠佳的身子去O村了。而眼下最能如亲人一般照顾自己的，只剩下牡丹屋的人了……

列车驶过片片密林，疾驰而行。透过无数光秃秃的落叶松，可以看到仿佛镶嵌在灰暗天空中的那些被积雪覆盖的浅间山。而从那里喷出的阵阵细雾，随风吹拂变得支离破碎。

从刚才起，列车车头便忽然喘息般地鸣叫起来，都筑明意识到，终于到达O村了。处于山麓的O村，农家也好，田地也好，树林也好，所有的一切都是倾斜的。列车的鸣叫使都筑明的身体哆嗦起来，仿佛忽然发烧了一样。从春到夏的傍晚时分，每当晚上的上行列车快要抵达O村车站时，都筑明就会在树林中听到同样的"喘息声"。而每次听到这种深刻印象的声音时,他都会产生莫名的思念之情。

列车抵达山谷背阴面的小小车站时,都筑明把眼看着就要咳出来的感觉强压下去,将外套的领子翻起,走下车。跟他一起下车的还有五六个当地人。都筑明下车时体态有些蹒跚,他将这种失态归咎于开车门的时候自己用左手提了一会儿小皮包的缘故,于是便做作地将皮包恶狠狠地换到右手。出了检票口,都筑明头顶上方那个阴暗的电灯泡忽然亮了。他看到自己那生气全无的脸映在候车室脏兮兮的玻璃窗上,但只是一瞬间,便仿佛被什么吞没了似的消失了。

由于白昼变短,晚上五点天色就渐渐暗了下来。在这个既没有公共汽车,也没有其他交通工具的深山中的车站,都筑明提着自己的小皮包,一个人艰难地在上坡道中行走。在进入O村的森林前,一路上都是这样的上坡。他走走停停,由于夜晚的空气温度迅速下降,自己每休息一次,都会感到周身忽然被恶寒所包裹,随后立刻感觉自己的体温如同火烧般升高。而对这种感觉,他已经麻木了。

都筑明渐渐走到森林附近。在森林边上,有一间仿佛已经被废弃的农家屋舍,屋门前蹲着一只脏乎乎的狗。都筑明猛地想起，小时候自己和菜穗子每次骑车远游归来时，她总是会被这家的黑狗扑向自行车轮子的情景吓得大叫。而眼前这只狗是茶色的，并非记忆中的那只。

由于几乎所有的树叶都已经掉光，森林中还算相对亮堂。这片森林对都筑明来说，有着许许多多的故事。在他的少年时代，当他每每骑车穿过炎热的草原，回到森林中时，火烧般的脸颊就会瞬间感到一丝丝快意的清凉。想到这里，都筑明下意识地用空着的手捂住了自己的脸。在这无边无际的寒冷夜晚，粗重的喘息、绯红的脸颊——在如此异样的状态中弯着腰、步履蹒跚地行进中的自己，与那个少年时代因为骑车而双颊红晕、粗气连连的自己，这一刻奇妙地交汇了。

在森林的中间，道路分为两条：一条径直通往村内，而另一条则通向昔日和菜穗子他们过暑假的别墅地。后者是条杂草丛生、蜿蜒舒缓的下坡路，直通到别墅的后面。从前每当菜穗子骑车转向这条路时，都会对同样骑着车，跟在身后的都筑明叫道："快看啊，我双手脱把了……"那一刻，菜穗子带着麦秸帽，洁白的牙齿闪闪发光。

刚刚把手中的小皮包扔在一旁，不时地苦苦喘息耸肩的都筑明，由于这意料之外忽然产生的少年时代的回忆，内心的疲惫劳顿一扫而空，瞬时生机满满。"为什么我这次一来到这个村庄，就会清晰地记起昔日早已忘却的故事呢？而且，这些往事一件接一件地涌上心头。是不是只要我一发烧，就会变得如此呢？"

森林已经完全黑暗。都筑明再次弯着腰，提着皮包，怀着漫无头绪的苦闷心情聚精会神地赶路。忽然，他抬头向森林的树木梢头望去，那里还没有完全黑暗。粗壮挺拔的桦树间，光秃秃的枝杈交杂纵横，在微明的天空下组成了一张细细的"网"。而这张"网"似乎又在不经意间使都筑明想起了更多已经遗忘的往事。都筑明自己也不知道为什么这张"网"在一瞬间使自己感到非常欣慰，正如同在聆听一曲天籁之音。他抬头怔怔地望了一会儿这张由枝杈组成的"网"，最后，在他重新弯起腰赶路时，已经在不知不觉中将其忘在脑后了。都筑明现在气喘吁吁，几乎只能依靠耸动肩膀来帮助呼吸了。但对于独自赶路的他来说，就算头脑中不再有那张"网"，对过去的回忆还是会无缘由地使他感到安慰。"就这样死去的话，应该也不错吧。"他忽然萌生出这样的想法。"但是，你必须活下去。"

他仿佛是在安慰自己似的自言自语地说道。"为什么必须活下去呢？为什么要在如此孤独、空虚中活下去呢？"有个外来的声音对他问道。"如果这就是我的命运，那就只能听天由命。"他近乎魔怔似的答道，"我在还没有搞清楚自己到底在追求什么的时候，就已经失去了一切。就仿佛害怕看到已经一无所有的自己，犹如傍晚时一只飞向黑暗的蝙蝠，最终义无反顾地冲出来进行这次冬季之旅。而我这次旅行的目的是什么呢？迄今为止的旅行，不正是在确认自己那些永久失去的东西吗？如果可以明确地说，对这种丧失感的忍耐是自己人生使命的话，那么我将尽全力去忍耐。啊，虽然话是这么说，现在反复折磨着我身体的发热和恶寒，真是让我有些力不从心了……"

这时，都筑明终于走出了森林。隔着枯萎稀疏的桑田，位于火山脚下、微微倾斜的村庄便整体进入他的视线。家家户户冒出做晚饭的悠悠炊烟。都筑明看到阿叶女士的家也冒出一缕炊烟。他莫名地松了口气，遥望着这宁静的傍晚景色，暂时忘记了自己冷热异常的身体。忽然，他眼前模模糊糊地浮现出自己年幼时就已故去的母亲的那张略显老态的面孔。刚才在森林中，在那张桦树的枝杈所编织的

"网"上,悄然出现的带有粗糙轮廓而又随即消失的影子,似乎像是被忘却的过世母亲的面孔。

· 二十一 ·

连日的长途跋涉,都筑明的身体被折磨得痛苦不堪。也许是压抑太久的精神猛然放松的缘故,他从到牡丹屋那天开始,就卧床不起了。村子里没有医生,都筑明坚决拒绝了去小诸市请医生的建议,只凭自己残存的体力和病魔搏斗着。他坚毅地忍耐着痛苦的高烧。都筑明似乎确信自己得的不是什么大病。阿叶她们也在身边竭力照顾,不使都筑明的信心丧失。

处于高烧中的都筑明,迷迷糊糊地闭着双眼,似乎非常依恋地回忆着旅途中自己的样子——在某个村子,自己被几只狗追咬,仓皇逃离;在某个村子,他看到很多正在烧炭的人;在某个村子,自己在黄昏时吸着呛人的烟气,徒步寻找旅馆等。有一次,他不断地回头去看一位怔怔地站在农舍前的农妇,她面孔苍老,背负泣儿。有一次,在村里,他借着照射在粉墙上那淡淡的日光,黯然神伤地看着自己孤单的影子——自己在如此寂寞的冬季之旅中各种空虚的模样,忽然接连不断地出现在眼前,而且一时不肯离去……

黄昏时分,都筑明又清晰地听到几天前将自己载到这儿来的那趟列车的声音,它"喘着粗气"爬上O村的斜坡,慢慢驶近车站。他感到非常难过。列车的声音,将刚才在他眼前浮现的、旅途中自己的各种模样,驱散得无影无踪。留下的,只有那天傍晚下车之后,疲惫不堪的他为了赶到O村,步履蹒跚的样子;还有好不容易走到森林中央,仿佛无意间听到什么天籁之音,一时傻傻地抬头望着头顶那张由桦树枝杈"织"成的"网"的样子。而在刚刚走出森林时,就忽然想起那张"网"的轮廓仿佛幼年时就去世的母亲的面孔——这种想法令都筑明的内心悸动不已……

这几天,都是由牡丹屋年轻的主妇来照顾都筑明的起居饮食。当她忙不过来时,阿叶女士也会在照顾女儿的间隙,照顾都筑明吃药什么的。看着阿叶女士稍显苍老的面容,他感到自己对这位年过四十的女人,涌出一股与此前完全不同的亲切情感。每次阿叶女士只要在自己身旁坐着,他就会觉得在自己记忆中已经模糊了的母亲的温柔面容,莫名地在那张桦树枝杈编织的"网"上清晰地浮现出来。

"初枝小姐这段时间怎么样了?"都筑明简单地问了一句。

"还是没有什么好转,真是令人困惑。"阿叶女士答道,脸上浮现出寂寞的笑容。

"再怎么说,到现在已经八年了。上次去东京的时候,大家都很惊讶这样的身体居然还能撑到现在。到底是这儿的气候好啊——这儿的人每天都在说,如果这次都筑明君能在这里康复,那就太好了。"

"嗯,如果我也能活下去的话……"都筑明自言自语地说着半截话,对阿叶女士露出亲切的笑容,似乎表示同意。

都筑明在旅途中热烈盼望的下雪,在十二月已经过半的某日傍晚,忽然降临了。雪一直持续到第二天早上,森林、农田、屋舍都被大雪覆盖。雪势仍然猛烈无衰。但现在的都筑明,已经对下雪没了最初的兴趣,只是偶尔从床上坐起来的时候,透过玻璃窗,面无表情地望着白茫茫的屋后农田和对面的杂树林。

临近傍晚,大雪一度停止,天空依旧布满了灰色的云。微风徐来,树梢上的积雪便四散飞舞,飘落地面。都筑明听到风声,终究按捺不住,又一次从床上起身,朝窗外望去。他聚精会神地盯着屋后田地上的积雪,观察它因风吹而出现的骚动:最初,积雪上升起一股雪烟,雪烟凭风而起,仿佛冰冷的火焰依风而动。接着,又与远去的风儿一起消失了,只在原地留下一缕缕绒毛般的痕迹。随后,再次有风吹来,新的雪烟又一次像冰冷的火焰随风而舞,之前雪地上所留下的绒毛般的痕迹消失殆尽,所剩的则是与前次相同的、新的绒毛般的痕迹……

"我的一生,就仿佛那冰冷的火焰——我的过往也多少留下了一道痕迹吧。再有一阵风吹过,这些痕迹也许就会荡然无存。但是,未来一定会有一个与我相似的人,继续留下与我相似的痕迹。命运的一种形式,就是一个物体传到另一个物体,然后在不断地传下去……"

都筑明思索着这个问题。由于目光一直投向窗外明亮的雪景,他没有觉察到屋内的光线已经变暗了。

二十二

雪势依旧猛烈。

菜穗子终于按捺不住了。她穿着大衣和皮鞋,多次想避开其他患者和护士的视线逃到外面,但都没有成功,不得不返回自己的病房。后来,她终于在没有人注意到的情况下,偷偷沿着阳台,从疗养院的后门溜了出去。

菜穗子穿过杂木林,从小道向车站方向走去。前方吹来的雪花,使她不得不时时弯曲身体,停下脚步。如果走小路,疗养院距离火车站半公里左右。最初,她只是想这样在雪中走走,走到车站,马上返回来。由于最初是这样打算的,她出门时,将给婆婆写的回信放进外套,准备投在车站前的邮筒里。这样做是为了回复今晨收到的来信,信中婆婆表示自己有点儿感冒,卧床一周了云云。

菜穗子在小巷里走了大概一百多米的时候,迎面走来一位斜撑雨伞、身着御寒裙裤的姑娘。

"啊,您不是黑川小姐吗?"这位年轻的姑娘忽然开口问道,"您要去哪儿啊?"

菜穗子吃惊地回头看去,是自己那座楼里的护士。她用围巾紧紧地裹住脸颊,身上穿着御寒裙裤,看上去很像当地人的模样。

"我到那边走走……"菜穗子浮现出腼腆的笑容。由于风雪猛烈,她不由得把头又低了下来。

"您可要早点儿回来啊。"护士小姐有些担心地说。

菜穗子低着头,默默地点了点。

与护士道别后,菜穗子又冒着风雪走了大约一百多米,终于走到岔路口。这时,她真想立刻返回疗养院。

菜穗子暂时停下脚步,用戴着网眼毛线手套的手,掸落头上的雪花。忽然,她想起刚才向自己打招呼的那位护士小姐。她像俄国妇女一样,用围巾紧紧裹住自己的脸颊,于是,菜穗子也不禁模仿她,用围巾将自己的脸颊团团裹住。那位护士小姐性格柔和,自己如此冒失,她言语间并未有什么怨意。接着,菜穗子继续冒着大雪向车站的方向走去,她一边走一边庆幸,幸好遇见了那位护士。

面北坐南的火车站,四周通透无挡。从单侧凶猛袭入的风雪，只在它袭入的那一侧变成了白色。停在车站阴面的一辆旧汽车，也只有一侧被埋在雪中。

菜穗子想去车站里面休息一下，她发现不知什么时候，自己身体的一侧满是雪花，于是就在车站外小心地将其掸落，然后解开裹住面部的围巾，若无其事地向站内走去。在菜穗子进屋的时候，屋内正在围着小火炉取暖的乘客不约而同地望向她。随后，又像是故意避开她似的纷纷离开了小火炉。菜穗子不禁皱起了眉头，把脸扭了过去。过了一会儿，她才明白，下行列车正在进站。

这辆列车的每一节车厢，也都只在同一侧受到风雪的侵袭。下车的这十五六个人，一面不客气地盯着身着大衣、站在门口的菜穗子，一面相互交谈着，鱼贯地走向车站外的雪地里。

"东京那边，据说也是大雪纷飞啊！"不知谁说了这么一句。

只有这句话菜穗子听得真切。她愣愣地望着车站外那辆深埋雪中、似乎已经无法开动的旧汽车，心中思忖：东京也会下这么大的雪吗？又过了一会儿，在自己急促的呼吸已经趋于平稳后，她觉得自己差不多该回去了。菜穗子环视了一下站内,不知什么时候,小火炉周围又挤满了人。这些人大部分都像是本地人,他们可有可无地聊着天,时不时担心地瞧瞧站在门口附近的菜穗子。

在前方两三个站与刚才的下行列车交汇后驶来的上行列车,似乎马上就要进站了。

菜穗子忽然想到,这辆上行列车会不会也是单侧被大雪"染"白了呢?接着,都筑明一面身体单侧受着大雪吹袭,一面兴高采烈地在某个村子徒步行走的姿态,猛地浮现在她眼前。适才,菜穗子将自己快要冻僵的双手,伸进大衣口袋取暖。此刻,她感觉到自己那双戴着手套的手,正交替地握着尚未寄给婆婆的那封信和自己的钱包。

刚才围着小火炉的十几个人又一次离开了。菜穗子看在眼里,赶紧走到售票处,一边掏出钱包,一边朝窗口俯下身子。

"去哪儿?"里面传来粗鲁的声音。

"新宿……"菜穗子急切地答道。

正如她想象的那样,驶来的上行列车只有单侧被白雪覆盖。当它在自己面前停下来时,菜穗子仿佛被一种无形的巨大力量所牵引,踏上了列车的台阶。

菜穗子进入了三等车厢。这里的乘客，看见她大衣上满是积雪的不寻常模样，都肆无忌惮地看着她。菜穗子皱着眉头，心中暗自思量：我的脸色一定很苍白吧？随后，她就在门口坐着的一位老人旁边坐了下来，这位身着铁道局制服的老人，正在那里打盹。列车驶入高原深处后，由于积雪很深，人们已经无法分辨近处的群山和森林了。这个时候，大家已经忘记了菜穗子的存在，没有人再扭头回望她了。

　　菜穗子终于稳定了下来，想好好考虑一下自己下一步的行动。忽然，已经闻惯了升汞水和甲酚气味的菜穗子，车厢内人的体味和烟草的味道使她胸闷气短。但她觉得，这正是宣布自己即将恢复正常生活的那种令人怀念的气息。她这样想着，忘掉了自己的胸闷，一丝不可思议的战栗掠过全身。

　　列车的窗外，风雪愈加猛烈，甚至连近在咫尺的树木和农舍，都只能隐隐看见。但是，菜穗子还是能判断出列车大概驶到何地了。她忽然想起：在数百米之外那片荒无人烟的牧场上，那棵总觉得与自己有些相似的半枯老树，也一定是单侧被白雪覆盖着。它在风雪中孤独站立的模样，让人颇感悲凉——她忽然对自己心中所描绘出的这幅图画,感到心悸不已。

"我为什么没有冒着雪去看看那棵老树呢?如果真的去了,我就不会上这辆列车了吧……"车厢里的气味,仍旧令菜穗子感到胸闷,"不知道疗养院现在该多慌乱呢!而在东京,大家该是多么惊讶啊!我这么做,他们会怎么对待我呢?如果现在想回去的话,还是可以的。不知怎么的,我有点儿害怕了……"

菜穗子反复思考着这些,而另一方面,她又希望列车尽早驶出信州地界。当列车驶到积雪深厚的高原尽头时,菜穗子望着几乎没有记忆的最后一片树林渐行渐远,内心顿时生出一半恐惧,一半期盼。她知道,列车已经驶出信州了。

·二十三·

东京也是大雪纷飞。

在银座后面的一家德国面包坊的角落里,菜穗子已经等了圭介一个小时。可她丝毫没有不耐烦的样子。只是，有什么东西的味道飘过来时，她会立刻眯起眼睛，深深地吸闻着，仿佛这就是自己好不容易重返正常生活的生之味道。同时，菜穗子还透过带有雾气的玻璃门，不断地用专注的眼神盯着大雪中穿梭来往的行人。如果圭介看到她这种眼光的话，一定会立刻制止她。

可能是大雪的缘故，即使到了傍晚，店内除了菜穗子，只有稀松的三四组客人。入口处有位画家模样的青年，他将一只脚放到火炉上，好像惦念什么似的，不时地回头望向菜穗子。

菜穗子感觉到了这种目光，并且立刻注意起自己的举止来。许久未洗的蓬乱散发、高高的颧骨、微大的鼻子、毫无血色的嘴唇——这一切，丝毫没有破坏她的美貌，只是在她的脸上添加了些许忧郁的味道。少女时代，她的相貌就常常被大人们惋惜：要是长得再面善一点儿就好啦！在深山中的小车站，自己这身城里人的打扮，是有些醒目。可现在，身处都市中的她，与周围的人没什么不同了。菜穗子觉得，只有自己那苍白的脸色会显得有点儿异样——毕竟自己是从深山里的疗养院中偷偷跑出来的。但她对此也毫无办法，只是不时地用手抚摩自己的脸颊，希望稍作掩盖似的……

菜穗子忽然感觉有人叉开双腿站在自己面前，她惊慌地抬头看去。

原来是圭介站在她的面前，低头俯视着她。他并没有脱掉外套，外套上还残留着没有掸干净的积雪。

菜穗子嫣然一笑，没有向他打招呼，而只是微微挪了挪身子。

圭介不高兴地坐在菜穗子身边，一时没有吱声。

"你这么突然从新宿站打电话过来，吓了我一跳。你到底怎么了？"圭介终于开口问道。

而菜穗子只是和刚才一样，脸上浮现出微微一笑，并没有立即做出回应。清晨冒着风雪从疗养院跑出来的小小冒险、在被大雪覆盖着的深山车站突然做出的决断、三等车厢内飘浮着的使自己身体不禁战栗的气味——瞬间在自己的心中复活了。她觉得自己白天着了魔似的举动，是根本没法向外人条理分明地解释清楚的。

菜穗子睁大眼睛盯着丈夫，好像这就是自己的回答。她似乎希望丈夫从自己的双眸中窥见答案，而不必从口中说出。

对圭介来说，妻子这种异乎寻常的目光，正是自己在日复一日的孤独中所苦苦寻觅的。可现在，面对妻子的这种目光，由于天生胆小，他还是下意识地把自己的目光移开了。

"妈妈病了。"圭介脱口说道，目光依然望向外侧，"拜托，别再给我添麻烦了。"

"是啊，是我不对。"菜穗子深深地叹了口气，好像意识到幻想和现实的差别。然后，她出人意料地说道。

"我立刻回去吧……"

"立刻回去？这么大的雪回得去吗？先在什么地方住一晚，明天回去好吗？但是，大森的家里可不行，就在妈妈眼皮子底下……"

圭介一个人显得焦躁不安，好像在强烈地思考着什么。他忽然把头抬起来，压低声音说道：

"你愿意一个人住旅馆吗？麻布那边有家舒适的小旅馆……"

菜穗子兴高采烈地将自己的脸贴近丈夫。可在听完他的这番话后，立刻把脸挪开了，完全心不在焉地回答道："我是没关系的……"

菜穗子觉得自己在下一个迄今为止对自己来说不同寻常的决心,可现在跟丈夫这样面对面地说话,她开始不明白自己为什么会冒着这么大的风雪,从深山的疗养院里跑出来了。自己做了这么多,就是为了回到丈夫身边。可他一见到自己就摆出一副什么样的面孔呢? 本来自己甚至准备将一生托付给他了。可稍稍留意一下,不知从何时开始,两个人又恢复了从前那种习惯性的夫妻关系,一切都变得混沌不清。人类的习惯中确实带有某种欺瞒性的东西……

菜穗子这样思索着,同时,她好像什么都不在乎似的,用自己特有的空虚眼神望着丈夫。这种眼神看似注视着什么,但实际上,对什么都视而不见。

此刻,圭介带着手足无措的心情,睁着自己的小眼睛,牢牢地接受着妻子的目光。顷刻,他忽然面色微红。究其缘故——他刚才说的那家位于麻布的小旅馆,实际上是前几天和一位同事偶然路过时,那位同事半开玩笑似的告诉他的。说这家旅馆平时顾客稀少,是幽会的好去处之类的话。圭介正因为想到这些,才会红了脸。

菜穗子不知道为什么自己的丈夫红了脸。但她一发现他红了脸,就忽然觉得,自己不顾一切奔向丈夫这种行为的动机,似乎马上就能弄明白了。

可是,由于丈夫的催促,菜穗子的思绪中断了。她从桌边站起来,依依不舍地环视了一下这时不时发出诱人味道的店内,跟着丈夫走了出去。

雪还是下个不停。

街上的行人冒着大雪匆忙地赶路,每个人都穿着不同的防寒挡雪的装束。菜穗子还像在山里那样,用围巾将脸包裹严实,快步走在前面,挤入人群,丝毫没有理会身后为她打伞的圭介。

两个人从数寄屋桥上的人群中挤出来后,好不容易打到一辆出租车,载着他们向那家位于麻布深处的旅馆驶去。

出租车刚出虎门,就立刻来了个急转弯,然后驶上一段极陡的坡路。爬坡到一半时,就看到有辆汽车陷在路边的水沟里,车体翻转,车身被积雪覆盖。菜穗子透过雾蒙蒙的车窗玻璃,看到了这辆事故汽车后,联想起深山车站外那辆单侧承受风雪侵袭的旧汽车。紧接着,自己在车站忽然决定去东京时的那种状态,一下子在菜穗子记忆中鲜明地复苏了。那时候,她心里想的只是希望下定决心将自己托付给某个人。可那个人到底是谁,她自己也不知道。而且她感觉如果不这样孤注一掷地把自己的后路斩断的话,那么自己将永远不会知道那个人是谁。现在,菜穗子忽然觉得,那个人就是此刻在车内与自己并肩而坐的圭介。可同时,又感觉不是现在的这个圭介,而是另外的什么人……

在某座类似外国使领馆的建筑物前,少男少女们分成两组,正在打雪仗,中间还夹杂着外国小孩。两个人乘坐的出租车在慢慢通过这些孩子们的区域时,不知是谁投来的雪球正巧打在圭介面前的玻璃上。由于力道稍强,雪花四处飞溅。圭介下意识地抬起一只手,挡住自己的脸,一脸恐慌地朝孩子们望去。但是,当他看到孩子们沉溺于快乐之中,根本没有意识到此事的时候,忽然独自露出了微笑,并饶有兴趣地回头看那些孩子。"这个人这么喜欢孩子吗?"坐在一旁的菜穗子对圭介刚才的态度产生了某种好感。这是她第一次注意到丈夫的这种性格……

少顷,汽车拐了个弯,忽然进入了一条人烟稀少、树木繁杂的小道。

"就在那儿。"圭介急促地对司机说着,自己已经有点儿坐不住了。

菜穗子从车窗望着这条街道,立刻认出了那幢门前栽着几棵棕榈树的小洋楼,棕榈树上覆盖着积雪。

·二十四·

"菜穗子,你到底为什么在这种日子忽然回来?"

圭介这样对菜穗子问道。紧接着,他发现自己已经问过一遍相同的问题了。他想起在第一次发问时,菜穗子只是对他微微一笑,默不作声地盯着自己。圭介好像害怕再收到这种沉默的回复,赶忙补充道。

"疗养院是不是发生什么不快的事情?"

圭介感觉菜穗子对如何回答这个问题显得有点儿犹豫。他并不认为菜穗子会因为无法解释自己的行为而再次陷入困境。他只是担心,在这种犹豫的背后,是不是还有什么令自己更加不安的原因?同时,圭介也觉察到了自己这种刨根问底的心情——不管菜穗子的回答会令自己陷入何种的不安之中,这一刻也要弄个明白。

"这些事儿,你都是经过慎重考虑才做的吧……"圭介再次追问道。

菜穗子一时不知如何应对。她透过旅馆朝北的窗口,俯视着一条浅浅的山谷,山谷中低矮的建筑密密麻麻地排列着。山谷中的街道被皑皑白雪覆盖。在这条纯白色的山谷对面,可以隐约看到一家教堂的尖形屋顶。这个尖尖的屋顶在大雪中如同梦幻般地存在。

菜穗子这时觉得,如果自己站在圭介的立场上,无论如何都应该先解决占据心头的疑问。但圭介的做法却是先解决住宿问题,然后再认认真真地考虑心头的疑问。她认为这正是圭介的特色,即便如此,菜穗子还是希望将自己的心灵靠近丈夫。她闭上双眼,希望能想出一个恰当的回应方法,以便让丈夫更好地理解自己的行为。但菜穗子此刻的沉默,对急性子的丈夫来说,又是一次沉默的回应。

"但是这样,你不觉得太突然了吗?做出这样的事儿,别人真不知道会怎么想呢!"

圭介仿佛已经放弃了寻根究底的想法。菜穗子忽然觉得丈夫的心一下子离开自己好远。

"别人怎么想，随他们好了。"菜穗子一下子揪住了丈夫这句错话。同时，她还意识到，自己对丈夫平日的埋怨，在这一刻统统"复活"了。由于菜穗子根本没想过自己会发脾气，所以也就没有压抑怒火的心理准备。她带着半怒的腔调，开始口不择言了，"下雪下得这么有趣儿，我就坐不住了。就像个不懂事的孩子，自己想干的事儿一定要干。就是这样啊……"菜穗子这么说着，眼前忽然浮现出都筑明形单影只的身影。而她对他如此牵挂。不知不觉中，菜穗子的眼睛有些湿润，"所以，我明天就回去。然后像这样对疗养院的人道个歉。这不就行了嘛！"

菜穗子眼里噙着泪花，说出自己以前并没有想到，而只是单纯地想让丈夫难堪的理由。可无意中她发觉，这个随口说出的理由，正是迄今为止连自己也不能了解的行为动机。

由于这一发现，菜穗子说完这番话后，感觉自己的心情迅速好了起来。

随后一段时间，两个人谁也没有出声，默默地俯视着窗外的雪景。

"我还没把这件事儿告诉妈妈呢。"不久,圭介便开口说道,"你也别跟她说。"

圭介这么说着,眼前忽然浮现出母亲明显衰老的面孔。似乎这件事就这样顺利地解决了——这使他不由得松了一口气。而另一方面,他又觉得自己对这样的处理不太满意。瞬间,他忽然感觉菜穗子非常可怜。"如果你真的这么想回到我的身边,就是另外一回事儿了。"圭介非常犹豫是否该对妻子说出这句话。但他随即明白,如果在现在这样的情况下再回过头来谈论这个问题,那么让现在已经不像是个病人的菜穗子回到疗养院,是非常不自然的。当圭介感觉到菜穗子那个明天无条件返回疗养院的保证,只能将自己的情绪稳定到用上述问句来试探她的心曲时,他决定不再进一步追究这个问题了。但是,在他的内心深处,也会想把刚刚那个激动不已、心潮澎湃的时刻,以及两颗心贴在一起、共同战栗的时刻,都永久地留在自己和妻子之间吧。但现在,他又想起了母亲那张衰老的面孔——她虽然卧病在床,但仍然盯着自己的一举一动。圭介觉得,母亲这张明显衰老的面孔,甚至身患的疾病,似乎都是由于在这种地方、做着这种事的自己和妻子造成的。这个胆小的男人，对于现在的自己，感到异常愧疚。他做梦也想不到，实际上，这阵子自己的母亲，正悄悄地与菜惠子联络情谊呢。而他自己，总算不再像以前那样，对菜穗子抱有强烈的悔意了。对再次恢复的、往日那种母子二人的简单生活，也从一开始的无聊中，渐渐地生出安逸的感觉——在内心权衡了一下利害之后，圭介得出结论：在一切都得到解决之前，菜穗子必须继续忍耐下去。

　　菜穗子已经将一切抛在脑后。她将目光投向窗外纷飞的雪花，呆呆地望着暮色苍茫的山谷对面，那个尖尖的教堂屋顶——它从刚才开始就变得若隐若现。她莫名地觉得，自己在孩童时代，似乎见到过与这个完全相同的尖顶。
　　圭介看了一下怀表。菜穗子则朝他瞥了一眼，说道：
　　"你回去吧。明天不用来了。我一个人能回去。"
　　圭介将怀表拿在手里，他的脑海中忽然浮现出一幅图景：菜穗子将会在明早冒着大雪，回到大山里的疗养院，然后继续在积雪更深的山里独自生活。最近已经被圭介遗忘了的那些消毒药气味儿、疾病，还有死亡的强烈气氛,又在他的内心苏醒了,仿佛某种能使灵魂颤动的东西似的……

这会儿,菜穗子一直凝视着丈夫那怅然若失的表情,脸上莫名其妙地浮现出天真烂漫的微笑。她觉得,也许丈夫马上要能明白此刻自己内心的想法,并对她说:"就在这个旅馆待上两三天怎么样?没有别人知道,只有我们两个人悄悄地住在这儿……"

但是,圭介像是打消某个念头似的摇着头,什么也没说,然后把手中的怀表慢慢地放进衣兜中。他似乎想让菜穗子知道,自己必须回去了……

圭介冒着大雪回去了,菜穗子将他送到光线阴暗的大门口。然后,她将脸贴在玻璃门上,透过几棵被大雪染成纯白色、犹如精灵般的棕榈树,怔怔地眺望着黄昏的雪景。大雪似乎并没有停止的迹象。好一阵子,她的心里空荡荡的。她也分不清到底哪些事和自己的心情有关,哪些无关,只是任由这些事情"浮出记忆的水面",而随即又会被忘记。比如,那个只有一侧受到风雪侵袭的山中车站的景象;刚才还在遥望、但怎么也想不出何时曾见过的教堂尖顶;

承受着某些痛苦却又隐忍的都筑明;还有一边大声叫喊,一边打雪仗的孩子们……

　　这时,菜穗子背后大房子里的灯好像点亮了。这么一来,她的脸贴着的那块玻璃就会有光线反射回来,而外面的景色模糊不清了。菜穗子这才意识到,今晚不得不独自在这个小旅馆过夜了——她只在旅馆内看到两三个外国人的身影。但独自过夜不足以引起她寂寞或者后悔之类的感情。因为有一种念想忽然在她的心中慢慢膨胀,占据的面积越来越大。就是今天自己着了魔似的,做出这件为所欲为的事情的过程中,自己面前,忽然时有时无地显现出,在平日规规矩矩地生活时,不会考虑到的若干人生的断面,使自己模模糊糊地感觉到,这些断面为自己展示了一条新的人生之路。

　　菜穗子沉溺于自己的思索之中,同时还漫不经心地望着窗外白茫茫的景色。她就这样将脸贴在冰冷的玻璃上,这让自己的心情渐渐变得愉悦。大房间里的室温很高,菜穗子的脸上感到灼热。尽管此刻她豁然开朗,但还是不由得想到明天回到深山中的疗养院时,自己将感受那种刺骨严寒……

服务员走过来告诉她晚饭已经准备好了。她默默地点了点头,忽然觉得自己饿了。她没有回自己的房间,而是向内侧饭厅的方向走去。那里,从刚才开始,就传出碗碟轻轻碰撞的声音。

图书在版编目（CIP）数据

起风了·菜穗子 /（日）堀辰雄著；刘剑译. —— 石家庄：花山文艺出版社，2017.5（2024.10 重印）

ISBN 978-7-5511-3367-8

Ⅰ. ①起… Ⅱ. ①堀… ②刘… Ⅲ. ①小说集－日本－现代 Ⅳ. ① I313.45

中国版本图书馆CIP数据核字（2017）第103596号

书　　名：起风了·菜穗子
　　　　　QI FENG LE·CAISUIZI
著　　者：堀辰雄
译　　者：刘　剑

责任编辑：李　爽　王李子
责任校对：李　伟
出版发行：花山文艺出版社（邮政编码：050061）
　　　　　（河北省石家庄市友谊北大街330号）
销售热线：0311-88643299/96/17
印　　刷：大厂回族自治县德诚印务有限公司
经　　销：新华书店
开　　本：620 毫米×889 毫米　1/32
印　　张：7
字　　数：65 千字
版　　次：2017 年 5 月第 1 版
　　　　　2024 年 10 月第 5 次印刷
书　　号：ISBN 978-7-5511-3367-8
定　　价：46.00 元

（版权所有　翻印必究·印装有误　负责调换）